Collection folio junior

Gudrun Mebs est née en 1944 à Francfort-sur-le-Main. C'est dans cette ville qu'elle a suivi les cours d'une école de théâtre, et qu'elle a obtenu son premier rôle. Depuis, elle a joué sur de nombreuses scènes d'Allemagne et même du monde.

Gudrun Mebs vit aujourd'hui à Munich où elle poursuit sa carrière théâtrale, tout en jouant passionnément de la flûte traversière...

C'est pour la radio bavaroise qu'elle a commencé à écrire ses premières histoires qu'elle lisait elle-même pour les jeunes auditeurs.

Georges Lemoine, qui est l'auteur des illustrations et de la couverture de *L'Enfant du dimanche*, dessine, peint et photographie. Il aime la littérature contemporaine et pense qu'il faut la faire connaître aux jeunes lecteurs. Il illustre le plus souvent des textes destinés à ce public, créant à son intention des fenêtres dans les mots, les pages imprimées... afin de lui faciliter l'accès aux livres. Georges Lemoine a illustré des textes d'auteurs contemporains comme Rolande Causse, J.-M.G. Le Clézio, Jean-François Ménard, Jacques Roubaud, Michel Tournier, Claude Roy, Marguerite Yourcenar. Mais il aime tout particulièrement le grand conteur Hans Christian Andersen.

Titre original :
Sonntagskind

ISBN 2-07-051406-4
Loi n° 49-956 du 16 juillet 1949
sur les publications destinées à la jeunesse

Dépôt légal : novembre 1999
1er dépôt légal dans la même collection : octobre 1988
N° d'édition : 93883 - N° d'impression : 48902
Imprimé en France sur les presses de l'imprimerie Hérissey

Gudrun Mebs

L'enfant du dimanche

Traduit de l'allemand
par Rémi Laureillard

Illustrations de Rotraut Susanne Berner

Gallimard

Je suis un enfant du dimanche. Parce que le jour de ma naissance c'était un dimanche. A ce qu'on dit, les enfants du dimanche ont toujours beaucoup de chance. Moi, je ne trouve pas. Parce que le dimanche, c'est plutôt la barbe au foyer. En semaine ça va, de toute façon on a la classe, et puis des devoirs, et puis encore quelque chose, sport ou promenade, ou quelque chose comme ça. J'aime bien le sport, mais pas la classe. Pas tellement. Sauf le dimanche. Là, j'aimerais souvent pouvoir aller en classe, parce que le dimanche c'est barbant au foyer.

Je suis au foyer depuis déjà très longtemps, en somme depuis toujours. Parce que, quand je suis née, mes parents n'ont pas pu me garder. Pas pu ou pas voulu. Pourquoi ? On ne me l'a pas dit, pas vraiment dit. On m'a juste dit : « Les circonstances ne l'ont pas permis. » Qu'est-ce que ça veut dire ? Je n'en sais rien. Au début, j'étais trop petite pour questionner, et ensuite je n'ai plus osé. Maintenant je pense tout bêtement qu'ils ne voulaient pas de moi. Ils ne voulaient peut-être pas de fille, ils préféraient un garçon. Je ne trouve pas ça juste. Avant, quand j'étais encore plus petite, je cherchais toujours mes parents. Pas vraiment toujours. Seulement quand on allait ensemble en promenade, ou dans les magasins. Je regardais les gens. Les couples. Les gens qui ont l'air de parents, quoi.

Dans ce temps-là j'étais encore assez bête. Il faut dire que c'était plutôt idiot à la longue de regarder comme ça de tous les côtés pour rien, toujours rien. Une fois, je me rappelle bien, j'ai vu dans un magasin un homme et une femme qui avaient exactement l'air de pouvoir être mes parents. J'ai lâché la main de sœur Lyda et je me suis ruée sur l'homme et la femme en criant : « Papa ! Maman ! » Tout le monde a dû me regarder ! Sœur Lyda est devenue toute rouge, elle m'a reprise par la main et s'est excusée auprès des gens. Moi, elle m'a grondée. J'ai eu honte. Pas parce qu'elle m'a grondée, mais parce que j'ai bien vu qu'ils ne pouvaient pas être mes parents. Rien qu'à leur air !

Ça ne s'est plus reproduit. Dans ce temps-là, faut dire, j'étais haute comme trois pommes.

Mais ça a bien changé. Mes parents, il y a longtemps que je ne les cherche plus. Chercher quelqu'un qu'on ne connaît pas, c'est trop bête. Et puis ils sont peut-être déjà morts. C'est ce que dit Andréa.

Andréa habite dans la même chambre que moi. On a du pot d'avoir une chambre à deux. Avec deux lits superposés et deux tables. Pour faire nos devoirs. C'est super. Je ne parle pas des tables, je parle des lits. Andréa dort en haut et moi en bas. Parfois nous échangeons, parce que j'aime bien dormir un peu en haut. Mais Andréa, elle, ne veut presque jamais. Et elle la ramène sans cesse. Parce qu'elle a dix ans et moi huit. Je ne trouve pas que ce soit une raison

pour ne pas échanger, mais, en face d'Andréa, je ne fais pas le poids.

Les parents d'Andréa sont morts. Tous les deux. C'est triste parce que Andréa les a connus, elle. Moi, je n'ai pas connu mes parents, mais ils sont peut-être vraiment morts aussi. De toute façon ça m'est bien égal.

Au foyer, en fait, c'est assez beau. La maison est une de ces maisons de l'ancien temps, avec un bout de parc tout autour. Autrefois ça s'appelait « villa ». Maintenant on l'appelle « foyer d'orphelins ». Les orphelins c'est nous, puisque nous n'avons pas de parents.

Entre nous, nous disons « foyer de merde », mais en cachette, parce que si sœur Franciska entendait, aïe, ça ferait du bruit ! Sœur Franciska, c'est la sœur supérieure, elle est déjà plutôt vieille et elle a la direction supérieure. Sœur Lyda est bien plus jeune, elle a aussi la direction, mais pas tant.

Du bruit, il y en a assez souvent. Mais ça ne vient pas des sœurs, plutôt de nous, les enfants. Parce que souvent, les uns les autres, on se tape sur les nerfs. Des frères et sœurs doivent souvent se taper sur les nerfs, j'imagine. Mais nous, nous ne sommes pas frères et sœurs, il nous faut seulement faire comme si. Et c'est justement ça qui nous fatigue souvent. Heureusement que nous ne nous voyons pas toute la journée. Puisque nous allons à l'école dans des classes différentes. Je suis toute seule dans ma classe. C'est-à-dire : il y a beaucoup d'enfants, mais ils ne sont pas du foyer, ils viennent tout simplement de chez eux.

En général, je m'entends bien avec les enfants, je veux dire avec ceux de ma classe, mais en fait avec ceux du foyer aussi. Sauf le dimanche. Ce jour-là, ils partent presque tous. Et ceux qui ne partent pas sont de mauvaise humeur. Parce qu'ils ne partent pas.

Chez nous c'est comme ça : presque tous, parmi nous, ont des parents adoptifs du dimanche ! C'est un truc formidable. Ce sont des parents qui aiment bien avoir des fois un enfant le dimanche. Alors ils viennent s'en choisir un au foyer, et l'enfant peut aller chez eux tous les dimanches, et à Noël et à Pâques un peu plus longtemps. C'est une adoption du dimanche, et alors on s'appelle « enfant du dimanche ». On est pris au foyer et ramené le soir. Généralement en voiture. Les parents adoptifs du dimanche ont presque tous une voiture. Ce sont les parents qu'on préfère, parce que alors on fait des balades super. Au zoo, au bois ou ailleurs. Et puis ils vont manger des glaces et, en hiver, manger des gâteaux au café, et puis les enfants reçoivent des cadeaux, et tous ils trouvent leurs dimanches super. Et quand ils reviennent au foyer, ils la ramènent. Faut voir comment ! Ça me donne mal au cœur de les entendre. Je ne crois pas tout ce qu'ils disent, pas vraiment tout. Des portions de glace comme ça... des montagnes de gâteaux comme ça... et la télé le dimanche entier... et on leur a donné aussi des crayons de couleur. Dimanche dernier, Andréa a reçu un chemisier neuf, tout simplement un chemisier neuf. J'aimerais bien avoir une fois un chemisier neuf et manger une fois des glaces avec des parents du dimanche, j'aimerais bien...

Mais moi, personne ne m'a choisie. Je ne sais pas pourquoi au juste.

L'année dernière, il y a bien eu un homme assez grand et gros et une dame avec beaucoup de petites boucles sur la tête, ils voulaient aussi avoir un enfant du dimanche. Alors sœur Franciska m'a appelée et, bien sûr, je suis arrivée à toute vitesse, mais juste ce jour-là j'avais un rhume affreux et la figure tout enflée ; aussi, quand ils m'ont vue, ils ont reculé et la dame a pressé un mouchoir sous son nez, et ça n'a rien donné. Alors j'ai continué à passer les dimanches seule au foyer. Les grands ne jouent pas avec moi, et moi je ne joue pas avec les petits. Presque toujours, je passe la journée à attendre que les autres reviennent. Quelquefois je me promène dans le parc autour de la maison, plus loin c'est défendu, d'ailleurs le parc ne va pas beaucoup plus loin. Quand les autres rentrent et se mettent à la ramener, je suis toujours un peu jalouse.

Mais maintenant je n'ai plus à être jalouse. Parce que, moi aussi, j'ai des parents du dimanche !

Depuis hier. C'est-à-dire, pas des parents, juste une dame. Mais quand même !

Hier, sœur Franciska m'a fait appeler par cet idiot de Karli. Karli est bien plus petit que moi. Je ne joue pas avec lui. Il salive toujours en parlant et puis il bégaie. Ça ne tourne pas bien rond dans sa tête. Et puis il a des cheveux genre paille, jaunes et raides. Et puis il ne frappe pas non plus quand il entre dans ma chambre.

Je me suis bien demandé ce qu'il me voulait, Karli, quand je l'ai vu tout à coup dans ma chambre. Il était là à saliver et à bégayer, il n'a pas pu seulement me sortir que sœur Franciska l'avait envoyé me chercher, cet idiot de Karli.

Mais j'ai fini par le lui tirer, je l'ai un peu bousculé, ça ne lui fait rien à lui, et puis j'ai eu une espèce de mauvaise conscience. Pas parce que j'avais bousculé Karli, mais à cause de sœur Franciska. Sœur Franciska ne nous fait pas souvent appeler, mais alors c'est presque toujours mauvais...

Ce n'était pas mauvais. Au contraire ! Sœur Franciska m'a caressé la tête tout doucement, ce qu'elle ne fait presque jamais, et elle m'a un peu chatouillée sous le menton, et puis, tant qu'elle y était, elle m'a boutonné ma veste en disant :

— Bien, maintenant toi aussi tu vas être prise le dimanche. Es-tu contente ?

D'abord je n'ai rien compris, j'avais si chaud sous ma veste boutonnée, et puis sœur Franciska est toujours si directe, ça vous tombe dessus tout à coup et on ne pige que peu à peu ce qu'elle veut dire.

J'ai donc commencé par n'y rien piger, je pense que j'avais l'air assez bête. Alors elle a encore répété :

— Es-tu contente ?

J'ai fait oui de la tête à tout hasard. Et puis la lumière est venue dans mes idées. Etre prise : mais cela veut dire avoir des parents du dimanche ! Et si sœur Franciska m'en parle, cela doit vouloir dire : mes parents du dimanche ! Je suis devenue toute rouge et j'ai bégayé comme cet idiot de Karli :

— A moi ? Des parents du dimanche ?

Mais sœur Franciska a secoué la tête et dit :

— Non. Pas des parents. C'est une gentille dame, et elle t'a choisie.

Là, voilà que je ne comprenais plus rien, de nouveau. Choisie ! Comment peut-elle m'avoir choisie puisqu'elle ne m'a jamais vue. Quand on vous choisit comme enfant du dimanche, on vous regarde d'abord. Mais personne ne m'a choisie, j'en suis sûre, je m'en serais sûrement aperçue. Cette semaine, personne n'est venu et personne ne m'a choisie.

Alors sœur Franciska s'est expliquée. Elle m'a

raconté qu'une dame était venue, elle aurait aimé un enfant du dimanche, fille ou garçon, ça lui était égal, et son âge, ça lui était égal aussi, et l'air qu'il a aussi. Elle prendrait n'importe quel enfant que proposerait sœur Franciska.

— Oui, alors j'ai pensé à toi, a fini par dire sœur Franciska.

Et elle a encore boutonné le bouton du haut de ma veste.

Ma première pensée fut : « Quelle chance qu'elle n'ait pas proposé cet idiot de Karli ! » Parce que Karli non plus n'a pas de parents du dimanche. Rien d'étonnant à ça, pour Karli.

Et puis je me suis dit : « J'aurais préféré deux parents, un papa du dimanche et une maman du dimanche. » Mais j'ai arrêté de penser ça parce que c'était pas très gentil pour la dame. Alors je me suis dit : « Ce qui est bien, c'est que la dame ne m'ait pas choisie, peut-être que je ne lui aurais pas plu et qu'elle aurait préféré prendre Karli. Jusqu'ici personne n'a voulu de moi et maintenant il faudra bien qu'elle me prenne. Parce que sœur Franciska l'a décidé. »

Alors j'ai commencé à être contente. Quand je suis contente, ça me chatouille dans le ventre. Et là, ça s'est mis à me chatouiller... dans le bureau de sœur Franciska. Mais je n'en ai rien montré, j'ai fait un petit salut et dit : « Merci beaucoup », puisque c'est ce qu'elle attendait. Je suis sortie bien vite. Sœur Franciska m'a encore crié :

— Dimanche prochain on viendra te prendre. J'espère que tu..

Mais la suite, je ne l'ai pas entendue, j'avais déjà grimpé l'escalier et couru jusque dans ma chambre.

D'abord, je me suis assise sur mon lit et j'ai pris sur mes genoux mon Jeannot Lapin. Et puis j'ai déboutonné ma veste. J'avais trop chaud. Pas seulement à cause de la veste.

Dimanche prochain on viendra me prendre ! Comme les autres enfants, exactement comme eux ! Ça m'est égal que ce ne soient pas de vrais parents, l'essentiel c'est que quelqu'un me veuille et vienne me prendre. Un dimanche tout entier. A partir de maintenant et pour toujours ! Une maman du dimanche pour moi toute seule ! Je me suis dit tout bas : « Maman du dimanche ! » et en même temps j'ai pressé Jeannot Lapin contre ma joue. Jeannot Lapin, je lui raconte tout. Je lui ai toujours tout raconté. Lui, il sait bien écouter avec ses oreilles toutes molles. Il est toujours avec moi. Bien sûr pas à l'école, ni au sport, mais enfin presque partout. Il a une petite culotte à carreaux bleus et blancs et de magnifiques yeux ronds comme des boutons, marron foncé, très grands et très intelligents. J'aimerais avoir des yeux comme ça, mais je n'en ai pas, je n'ai que des yeux bleu-vert-gris, quelque chose de mélangé. Mais à ça on ne peut rien y faire.

Jeannot Lapin, c'est une sœur de la maternité qui me l'a donné quand je suis née, à ce qu'on m'a raconté. Et aussi que je ne voulais pas m'endormir tant que Jeannot Lapin n'était pas à côté de moi sur mon oreiller.

Et, maintenant encore, c'est toujours comme ça.

J'ai répété un bon moment à mon Jeannot Lapin :

— Maman du dimanche, maman du dimanche !

Jeannot Lapin me regardait de ses gros yeux marron en boutons, et tout à coup j'ai pensé que j'avais oublié de demander comment elle s'appelle en vrai, ma maman du dimanche. Mais ça, sœur Franciska aurait dû me le dire la première.

Sans doute qu'elle a oublié... Mais maintenant redescendre, frapper et demander... ça, je n'ose pas. De toute façon, dimanche prochain je l'apprendrai.

Je me suis installée avec mon Jeannot Lapin sous la couverture et j'ai un peu sucé ses oreilles en chuchotant :

— Maman du dimanche, maman du dimanche, ma maman du dimanche.

J'aime ces mots.

Et puis j'ai pensé à tout ce que nous allions faire, ma maman du dimanche et moi. Voilà : d'abord, je voudrais aller au zoo et manger des glaces à la framboise, à la banane, à l'ananas, au chocolat... Mais il n'y a peut-être pas encore de glaces, il fait encore plutôt froid dehors. Eh bien alors des gâteaux, mais beaucoup, surtout du gâteau aux amandes avec dessus de la crème fouettée. Et puis nous irons voir les singes et nous leur donnerons des cacahuètes. Et puis nous irons voir les serpents, parce que je les trouve si beaux, les serpents, ils sont si longs — c'est terrible — et ils s'enroulent et puis ils avalent des souris entières. Et puis, et puis nous ferons un tour au bois dans sa voiture. Est-ce qu'elle a une voiture ? Bien sûr, presque tout le monde a une voiture, elle en a même sûrement une super, et puis nous nous baladerons, nous ferons un pique-nique, un pique-nique super, ou, encore mieux, on ira au restaurant et je mangerai des frites, beaucoup de frites, et pas de salade avec. Et puis on ira à sa maison. Où peut-elle bien habiter ? Elle a sûrement une maison super avec un tas de pièces, tout ça pour elle toute seule... avec un jardin gigantesque autour, avec dedans une piscine, et dans la maison elle a une cheminée avec une peau d'ours devant. J'ai vu ça un jour à la télé, ça m'a plu. Et nous nous assiérons sur la peau d'ours et nous nous mettrons à l'aise, et nous grignoterons quelque chose. Des chips au paprika, j'aime bien les chips au paprika. Ici on n'en a jamais. Juste à la Noël. Nous grignoterons donc des chips au paprika, et bien d'autres choses, et puis...

Bon, en tout cas nous ferons tout ça. Et, le soir, elle me ramène au foyer. Ou alors c'est peut-être son chauffeur. Elle a peut-être un chauffeur, un vrai, avec un uniforme et une casquette. Alors il m'ouvre la portière, je sors de la voiture et tous les enfants du foyer regardent et m'envient, et alors... alors je me suis sans doute endormie. Il faisait déjà sombre, mais pas encore vraiment nuit.

Grand vacarme : je me réveille. C'est Andréa. Elle se rue dans la chambre, jette son manteau sur mon lit et puis son bonnet, et elle crie d'une voix suraiguë :

— Ah ! la marmotte ! Ah ! la marmotte, elle roupille !

Et la voilà qui se met à jacasser :

— Debout, la dormeuse ! T'as pas idée de tout ce que j'ai fait aujourd'hui !

Evidemment que j'ai pas idée et je m'en fiche de tout ce qu'elle a fait aujourd'hui. Bientôt, moi aussi, je ferai quelque chose. Quelque chose de bien mieux qu'elle, ça j'en suis sûre. Mais Andréa, elle ne vous laisse jamais placer un mot, jamais. Elle déverse sur moi tout un flot de paroles, elle parle d'une gigantesque balade au bois et d'un déjeuner super génial à une table somptueusement servie, il y avait du ragoût et ensuite du gâteau de riz, et puis elle a joué à la puce, c'était super bien. Un dimanche fantastique !

Andréa la ramène toujours. Jouer à la puce ! Y a rien de plus barbe ! Du ragoût, du gâteau de riz ! Je ne peux pas m'empêcher de rire.

Mais Andréa ne se rend compte de rien et je sors de mon lit. J'y laisse mon Jeannot Lapin. Andréa n'a pas besoin de le voir, elle se moque toujours de lui.

Je me mets debout en face d'Andréa et je lui dis seulement :

— Et puis après ?

Quoi ? Andréa ferme son bec et me fixe. Je répète :

— Et puis après ?

Ensuite je lui annonce :

— J'ai une maman du dimanche et elle me fera faire des trucs encore plus chouettes que toi, je veux dire que tes parents à toi te font faire !

— Qu'est-ce que tu racontes ?

Andréa continue à me fixer.

— Une maman du dimanche ! Tu es sourde ?

Et je m'assieds sur mon lit. Alors Andréa se déchaîne : depuis quand et pourquoi et comment et pourquoi toi et pourquoi seulement une maman, pourquoi pas des parents et comment elle s'appelle, et où elle habite et taratata... Les oreilles m'en bourdonnent. Je ne dis rien. Je pose seulement mon doigt sur ma bouche et je dis :

— C'est un secret !

Mais avec Andréa ça ne prend pas. Voilà qu'elle me pince le bras, elle me pousse, elle se campe à côté de moi et elle me pose question sur question.

En fait je n'ai rien à raconter, moi, je ne sais rien. Mais j'aimerais bien épater Andréa, comme elle cherche toujours à m'épater. Je voudrais bien lui en boucher un coin. Et je commence. Je ne sais pas comment ça me vient, je vois soudain l'appartement devant moi. Rien que des fauteuils dorés et un canapé doré, tout en velours, et des tables en verre avec des pieds d'argent, et sur ces tables de gigantesques boîtes de pralines et des plats pleins de chips au paprika, et puis il y a une cheminée et un vrai feu qui brûle dedans et, devant, une peau d'ours blanc avec une véritable tête après, il a l'air vivant et dans la gueule il tient... une pomme d'or. Oui, une pomme d'or !

Andréa s'est accoudée et écoute bouche bée. A la pomme d'or seulement elle réagit et se tapote le front.

— Une pomme d'or ? Où y a-t-il des pommes d'or ?

— Dans la maison de ma maman du dimanche.

Je persiste, mais je me sens un peu mal à l'aise. Peut-être qu'avec cette histoire de pomme d'or dans la gueule de l'ours blanc j'y suis allée un peu fort. Andréa me tapote le front et ricane dans mon oreille.

— D'où est-ce que tu sais tout ça ? T'y as jamais été ! Avoue que t'as inventé tout ça.

D'abord je ne réponds rien, et puis j'avoue. Je suis bien obligée. C'est cette pomme d'or qui m'a trahie.

Je m'écarte un tout petit peu d'Andréa et je lui dis :

— Mais c'est sans doute comme ça chez ma maman du dimanche !

Andréa fait une grimace et se colle de nouveau contre moi.

— Et quel air elle a, ta maman du dimanche ?

Ces mots « maman du dimanche », elle les prononce comme si jamais elle ne pourrait me croire.

Et pourtant elle existe pour de vrai, sœur Franciska l'a dit, et sœur Franciska ne raconte pas des boniments. Jamais ! Mais, bien sûr, je ne l'ai pas encore vue, cette maman du dimanche, ma maman du dimanche. Quel air elle a ? Je ferme les yeux et je la vois.

— Elle est grande et mince, elle porte un manteau de fourrure, un manteau très cher et très doux, et elle a des cheveux roux qui ondulent, et elle a... elle a des yeux jaunes !

— Des yeux jaunes !

C'est Andréa qui m'interrompt méchamment.

— Des yeux jaunes, mais ça n'existe pas, tu mens !

Et elle recommence à me pincer le bras. C'est vraiment une mauvaise habitude qu'elle a de me pincer le bras.

Mais aujourd'hui je lui rends son pinçon et je lui lance :

— Elle n'a pas du tout les yeux jaunes, elle a des yeux bleus, si tu veux savoir. Des yeux bleu myosotis !

Cette idée de myosotis est bonne, elle m'est venue tout à coup. Des yeux bleu myosotis, ça existe. J'en ai entendu parler. Là, Andréa n'a plus rien à dire.

Pourtant elle dit quelque chose :

— Tu es une sale menteuse !

Elle le dit bien posément et bien méchamment. C'est pas vrai. Je n'ai pas menti, j'ai seulement imaginé. Imaginer n'est pas mentir ! Et en plus cette Andréa n'a qu'à me ficher la paix.

Je ne dis rien, je me retourne, je fourre ma tête

dans mon oreiller et je chuchote, mais de manière à ce qu'Andréa n'entende pas :

— Pauvre idiote !

Mais Andréa a bien entendu, elle m'attrape, me relève, et je crois déjà qu'elle va encore me pincer. Mais elle ne me pince pas, elle fait quelque chose que je trouve génial d'elle. Elle me regarde en ricanant, comme elle fait toujours, et puis elle me dit :

— Eh bien, ne boude donc pas, grosse menteuse, continue à raconter de la maison super, et de la dame super ; elle a peut-être aussi un chien super, et tout chez elle est super, super, super !

Je ne peux pas m'empêcher de rire. Ça, c'est bien Andréa. Tantôt mauvaise, tantôt gentille !

Et maintenant je recommence à raconter et Andréa m'aide. Nous nous décrivons l'une à l'autre la maison, la maison avec des meubles dorés, et tout en velours. Je veux qu'ils soient dorés, j'y tiens. Andréa les préférerait rouge foncé, et elle n'aime pas les tables en verre, elle préfère les tables en teck. Mais les boîtes de pralines gigantesques lui plaisent bien, et à côté des plats de chips au paprika nous mettons aussi des assiettes pleines de malabars, et puis des maquereaux au vin blanc — nous les aimons tant toutes les deux — et puis j'apporte encore un gâteau aux amandes, imaginaire bien sûr, et avec nous buvons du Coca, parce qu'on n'a jamais le droit de boire du Coca. Mais ce que nous aimons le mieux, c'est la cheminée. Moi, je pense qu'elle est en pierre, mais Andréa dit qu'elle est en marbre. En marbre je ne sais pas ce que c'est. Mais Andréa, elle, le sait, ils ont déjà fait ça en classe. Le marbre, c'est une pierre, mais qui coûte très cher. Et d'ailleurs elle a l'air très chère, à ce que dit Andréa.

Si c'est comme ça, la cheminée est sûrement en marbre, avec dedans un feu de charbon super. Mais là, Andréa rigole.

— Du charbon ! crie-t-elle de sa voix suraiguë.

Et à force de rigoler comme ça elle s'écroule presque sur moi.

— Dans une cheminée on ne fait pas du feu de charbon ! C'est pas un poêle ! Il faut du bois, idiote !

Et elle me pince encore le bras, mais cette fois pour rire, je le sens bien.

— C'est du bois qu'on y met !

D'accord pour du bois. Je m'en fiche après tout. Comment aurais-je pu le savoir ? Je n'ai jamais vu de cheminée. En vrai, je veux dire. Seulement à la télé ou sur des images. Mais je me représente ça très bien : un feu brûle au milieu de la pièce, ou plutôt au milieu du mur, et il fait bon chaud, et devant il y a une peau d'ours blanc, et à propos de cette peau nous avons failli encore nous disputer. Andréa est pour une peau de girafe. Mais c'est à moi de me tapoter le front.

— Une peau de girafe ! Mais ça a un cou bien trop long, ça ne tiendrait pas dans la pièce !

Elle est bien obligée de le reconnaître, et pourtant elle ne lâche pas le morceau, elle en tient pour sa peau de girafe, elle dit qu'on n'a qu'à lui plier le cou. Ça ne me plaît pas. Un cou plié, à quoi ça ressemble ? Je ne comprends pas ce qu'a Andréa contre l'ours blanc, c'est si beau, si blanc, moelleux et très doux. Et, pendant que nous discutons, on entend le gong, il faut aller dîner. Aller dîner et d'abord se laver les mains. Andréa saute sur ses pieds et sort en courant, en me lançant :

— Je suis pour la girafe !

— Et moi pour l'ours blanc !

Je la poursuis en criant :

— Est-ce que c'est ma maison ou la tienne ?

Et puis je vais me laver les mains et manger. Ensuite nous pouvons encore un peu jouer. Après c'est la « trappe », comme l'appelle sœur Lyda. Elle revient encore nous souhaiter bonne nuit et quelquefois, quand on a de la veine, elle nous lit encore quelque chose. Mais c'est rare qu'on ait de la veine.

Sœur Lyda est gentille, mais « complètement surchargée », à ce qu'elle dit. Alors elle ne nous lit pas souvent. Aujourd'hui je n'y tiens pas, aujourd'hui j'ai hâte d'être au lit, de prendre Jeannot Lapin dans les bras, et puis je réfléchirai un peu à la maison super et à la maman du dimanche.

Je crois qu'aujourd'hui je ne pourrai pas bien m'endormir. Il s'est passé tant de choses. A dire vrai il ne s'est rien passé. Il se passera quelque chose. Tous les dimanches. A partir d'aujourd'hui, tous les dimanches. Le ventre me chatouille ! Si seulement c'était déjà dimanche ! Encore six jours — lundi, mardi, mercredi, jeudi, vendredi et samedi. C'est infini, jamais je ne pourrai attendre. Mais il faut bien ! Avant dimanche, elle ne viendra pas, ça c'est sûr. Mais dimanche ! Qu'est-ce qu'il faudra que je mette ? J'aimerais mettre quelque chose de neuf, parce que dimanche prochain, c'est aussi quelque chose de tout neuf. Mais je n'ai rien de neuf. Ici nous n'avons presque jamais rien de neuf. Seulement les vieilles affaires des grands, devenues trop petites. La plupart ne me plaisent pas... J'aimerais tant avoir une fois un pull brillant, avec du brillant brodé dessus, et une fois un jean enfin neuf, de ces jeans qui vous vont, qui ne flottent pas toujours autour du ventre et qu'on n'est pas obligé de retrousser en bas, ça a l'air de quoi !

Cette maman du dimanche, est-ce qu'elle m'offrira quelque chose de neuf si je lui demande ? Mais ça je n'oserai pas, je le sais d'avance. Et puis ce serait pas tellement chic de réclamer tout de suite un pull brillant et un jean neuf ! Mais peut-être à Noël. A Noël on peut tout demander. Bien sûr, après on n'a pas tout. Mais ma maman du dimanche, elle, elle a beaucoup d'argent, ça c'est sûr, elle est riche, elle peut se payer n'importe quoi, tout ce qu'elle veut. Dans une histoire que nous a lue sœur Lyda un jour, il y avait : « Et ils vécurent dans l'opulence ! » Et moi je crois que c'est ce que fait ma maman du dimanche : elle vit dans l'opulence ! Maintenant, je le sais bien, je suis un vrai enfant du dimanche. Parce que maintenant chaque dimanche j'aurai toujours beaucoup, beaucoup de chance !

Aujourd'hui, c'est dimanche ! Aujourd'hui on va venir me prendre !

Je me suis réveillée très tôt, bien plus tôt que d'habitude. Je n'avais plus du tout sommeil. J'ai couru au cabinet de toilette, il n'y avait encore personne et je me suis bien lavée pour ne pas sentir mauvais. J'ai brossé longtemps mes cheveux, ce qui d'ailleurs, avec mon genre de cheveux, ne sert à rien. Ils sont peu épais et restent peu épais, et ils pendent comme de la ciboulette. Comme de la ciboulette, ça c'est Andréa qui le dit. Elle dit souvent comme ça des choses horribles, mais pour mes cheveux elle a malheureusement raison. Enfin, au moins, toute cette eau froide ça m'a fait des joues rouges. Ensuite je suis retournée en vitesse dans notre chambre. Andréa dormait encore dans le lit d'en haut. Cette fois j'étais bien contente qu'elle dorme en haut, comme ça elle ne pouvait pas voir que je lui piquais son chemisier neuf. Je ne veux pas le lui piquer pour toujours, rien que pour aujourd'hui ! Je n'ai pas osé le lui demander, de toute façon Andréa n'est pas prêteuse. Sauf si on la supplie. Et je n'aime pas supplier.

J'ai donc piqué son chemisier en vitesse, je suis retournée au cabinet de toilette, heureusement il n'y avait toujours personne, et puis j'ai mis le chemisier. Il est un peu large, Andréa est bien plus grosse que moi. Mais en tout cas il est neuf. J'ai vite mis ma veste en laine par-dessus et je l'ai boutonnée jusqu'en haut. Pour que, au petit déjeuner, Andréa ne voie pas le chemisier. Sans ça, ça ferait toute une histoire !

J'aurais mieux aimé ne pas aller du tout déjeuner, pas seulement à cause du chemisier et d'Andréa, mais parce que je n'ai pas faim du tout. Mon estomac est comme bouché avec un bouchon. Pourtant, le dimanche, il y a des croissants, en plus des flocons d'avoine. Et, si on veut, des corn-flakes. Mais quand on n'a pas faim...

Malgré tout, il a bien fallu aller déjeuner. Sœur Lyda est venue me chercher ; pour le petit déjeuner elle ne plaisante pas. Le matin, on doit se mettre quelque chose dans l'estomac, c'est sœur Lyda qui le dit, et pas de discussion. D'ailleurs normalement je mange, mais pas aujourd'hui !

J'ai donc filé mon croissant à Andréa et les corn-flakes aussi, ce que je ne fais jamais. Mais aujourd'hui c'est pas pareil. Peut-être à cause du chemisier que j'ai emprunté...

J'ai vite bu mon cacao et puis dehors.

Dehors sœur Franciska m'a rattrapée, et je pensais déjà qu'elle allait me gronder parce qu'on ne doit pas quitter la table comme ça. Mais elle ne m'a pas grondée, elle a un peu tapoté mes vêtements, elle a tiré ma veste bien droite et elle m'a aplati les cheveux. De toute façon, mes cheveux, ils sont plats. Et elle a dit :

— Tâche de bien te tenir, aujourd'hui ! Sois prévenante et polie, comme nous t'avons appris. Ne va pas nous faire honte, tu m'entends ?

J'ai dit oui à tout. Qu'est-ce que j'aurais pu dire d'autre ? Et puis elle m'a demandé si j'avais un mouchoir propre. Naturellement je n'en avais pas ; qui pense à ces choses-là ? Alors elle m'a donné le sien. J'ai trouvé ça vraiment gentil. Quelquefois sœur Franciska est très gentille. Ses mouchoirs sont bien plus fins que les nôtres, ils sont tout blancs et n'ont pas de petites fleurettes rouges brodées dans le coin. Ça me plaît.

Mais il a tout de même fallu qu'elle me fasse aussitôt la leçon : je ne devais pas perdre le mouchoir ! Elle est comme ça, sœur Franciska.

A peine elle est un peu gentille que déjà elle redevient comme une maîtresse d'école.

J'ai remercié pour le mouchoir, parce qu'elle aime qu'on dise « merci », et puis je suis allée m'asseoir dans notre hall et je me suis mise à attendre.

Et j'attends toujours. Les autres enfants sont tous partis depuis longtemps.

Mais quel ramdam ça a été ! Jusqu'ici je n'avais pas bien vu comment ça se passait, parce que, le dimanche, je me suis toujours un peu cachée, je ne voulais pas voir comment ils se faisaient tous chercher par leurs parents. Aujourd'hui j'ai bien vu. C'était comme si tout le monde débarquait en même temps. Clic, clac, la porte s'ouvrait sans arrêt, les parents entraient, les enfants arrivaient par l'escalier, cherchaient leurs manteaux, les parents faisaient la bise aux enfants, c'étaient des cris, des appels, des hurlements à vous arracher les oreilles. Et, au beau milieu de la foule, sœur Franciska : elle distribuait les conseils, et c'était comme dans la cour de l'école, pendant la grande récréation.

Puis d'un coup tout le monde est parti. Le hall est resté silencieux et vide.

Il n'y a plus que cet idiot de Karli qui vient se serrer contre moi. Il est tout morveux et plein de salive. Lui, personne ne pense à venir le chercher. Moi non plus, je ne penserais pas à venir le chercher, bête comme il est. Mais moi, moi on vient me chercher !

Mais où est-ce qu'elle est donc, cette maman du dimanche ? A la pendule du hall c'est déjà neuf heures et quart. Les parents viennent chercher à neuf heures, c'est la règle. A neuf heures ou alors pas du tout !

Petit à petit je commence à avoir peur. Et si on ne vient pas me chercher ? Si elle a oublié, la maman du dimanche ? Ou bien si elle a réfléchi, si elle préfère ne pas avoir d'enfant ? Mais sœur Franciska me l'aurait sûrement dit. Ça, elle ne l'aurait pas oublié, elle n'est pas comme ça, sœur Franciska. Elle est très consciencieuse, comme elle dit, et c'est ce qu'elle réclame aussi de nous.

Ou encore : la maman du dimanche a jeté secrètement un coup d'œil par la porte et elle m'aura vue parce que je suis assise ici toute seule et que je suis la seule qui reste, et alors elle se sera dit que c'est moi son enfant du dimanche et elle aura eu peur et elle aura pensé : « Oh, oh ! non, celle-là je n'en veux pas ! » Ou encore : elle aura vu Karli, parce qu'il tournique toujours par ici, et ça alors, ce serait vraiment grave. Parce que la maman du dimanche, elle ne sait pas si on lui donne un garçon ou une fille, alors elle aura pris Karli pour son enfant du dimanche, et pfuit ! elle s'est vite sauvée, parce que Karli, il est affreux à voir, bien plus affreux que moi.

Mais je n'ai vu personne jeter un coup d'œil ici, ça j'en suis sûre. J'ai regardé la porte tout le temps, au moins depuis huit heures et demie. J'aurais bien vu une dame qui se sauvait.

Ou encore : elle est tombée malade et elle ne peut pas venir. Mais alors elle aurait envoyé son chauffeur, ou bien elle aurait téléphoné. Le téléphone n'a pas sonné, je l'aurais entendu puisque le téléphone est dans le hall.

A moins qu'elle ne soit tombée très gravement malade, malade à aller à l'hôpital, et alors elle n'a pas eu le temps de téléphoner. Et maintenant la voilà sur son lit à l'hôpital, qui se désole en pensant à moi.

Mais tout ça, c'est des bêtises. Elle ne me connaît pas. Enfin pourquoi n'arrive-t-elle pas ?

Je n'y comprends rien et j'ai tout à coup une crampe à l'estomac. Peut-être parce que je n'ai rien mangé du tout.

Et une larme me coule sur la joue. Mais ça c'est pas parce que je n'ai rien mangé...

J'essuie cette bête de larme avant que Karli la voie. Il ne faut pas qu'il la voie, lui. De toute façon il ne comprend rien. Je bouscule un peu cet idiot de Karli : il n'a qu'à pas me regarder comme ça avec de gros yeux ! Je fais semblant d'avoir un rhume et je me mouche dans mon mouchoir. Enfin dans celui de sœur Franciska. Et ça m'embête ! Parce que c'est un beau mouchoir, et je voulais le commencer chez ma maman du dimanche.

Je voudrais avoir mon Jeannot Lapin avec moi. Lui, il me comprend, je n'ai pas besoin de faire semblant d'avoir un rhume. Je pourrais bien monter le chercher, mon Jeannot Lapin, il est sur mon lit. De toute façon, cette maman du dimanche ne vient pas, et puis de toute façon c'est peut-être moi qui ai rêvé, c'est un dimanche comme tous les autres dimanches. Je me lève et je m'en vais, mais voilà sœur Lyda qui descend l'escalier. Elle me voit et me demande, tout étonnée :

— Ah ! tiens, Mme Fiedler n'est pas encore venue ?

Je reste là, je regarde sœur Lyda avec des yeux tout bêtes. Et puis j'ai une lueur. Mme Fiedler ! Mais c'est sûrement ma maman du dimanche. C'est donc comme ça qu'elle s'appelle : Mme Fiedler ! Celle qui doit me prendre le dimanche !

Oui, mais elle ne vient pas. Je secoue donc la tête pour dire : « Non, elle n'est pas venue », et à force de secouer la tête j'ai de nouveau le rhume ; sœur Lyda finit de descendre l'escalier et me dit :

— Voyons, voyons !

Elle m'essuie les yeux avec un mouchoir, un mouchoir tout ce qu'il y a de plus ordinaire, en papier.

— Eh bien, dit-elle, nous allons télé...

Elle n'a pas le temps de dire « ...phoner » car, à l'instant, la porte vitrée vole et quelqu'un débouche en trombe, et ce quelqu'un a bien failli nous jeter par terre, sœur Lyda et moi.

Et ce quelqu'un respire très fort, et ce quelqu'un c'est une dame, et elle dit d'une drôle de voix, comme si elle avait couru très longtemps :

— Où puis-je trouver sœur Franciska, s'il vous plaît ? Je me suis mise en retard et je viens prendre mon enfant.

— Bien, répond sœur Lyda.

Et elle montre la pendule.

— Vous avez en effet un certain retard. Sœur Franciska est là-haut.

Elle montre l'escalier.

— Mais l'enfant est ici.

Et elle me montre. Je suis là, le mouchoir de sœur Franciska devant le nez, et mes yeux doivent être gonflés, et je dois avoir l'air cloche !

Et ma maman du dimanche est là devant moi. Mme Fiedler ! J'ai pensé d'abord que ça ne pouvait pas coller. Ça ne pouvait pas être elle. D'abord ça n'est pas réellement une dame, c'est plutôt un garçon. Et puis avec ce bonnet à pompon et cet anorak... Pas de manteau de fourrure. Mais vraiment pas le moindre.

Pourtant la voix, ça c'était une voix de femme. C'est donc forcément une femme. Mais elle est si petite, juste à peine plus grande que moi ! Pour une grande personne, elle est vraiment minuscule. On ne voit pas grand-chose de sa figure, son bonnet à pompon est enfoncé presque jusque sur son nez, et en plus elle a des lunettes, des lunettes moches avec des verres ronds... et elle n'a pas du tout l'air de la maman du dimanche que nous avions crue, Andréa et moi. Quant à la cheminée, au chauffeur et à la peau d'ours, vaut mieux ne plus y penser. Elle n'a même pas des cheveux roux. En fait on ne peut pas voir ses cheveux à cause de ce drôle de bonnet à pompon, mais en tout cas des cheveux roux, longs et ondulants, ça elle n'en a sûrement pas. Enfin les mamans du dimanche ne sont pas du tout comme ça... D'ailleurs elle ne dit rien, elle est là, les mains dans les poches de son anorak, et elle cligne des yeux en me regardant à travers ses lunettes rondes.

Alors c'est elle, ma maman du dimanche ! Celle

avec la maison super et les cheveux roux qui ondulent ! Celle qui est là a vraiment l'air ordinaire !

Je sais qu'il faut que je dise quelque chose : « Bonjour, maman du dimanche », ou au moins : « Bonjour, madame Fiedler, et merci beaucoup de me laisser venir chez vous », ou quelque chose dans le genre. Mais je ne peux pas. Tout simplement je ne peux pas. J'ai un truc coincé dans la gorge.

Tout à coup il y a quelqu'un qui se glisse entre sœur Lyda et moi, et qui me marche sur le pied. C'est cet idiot de Karli, curieux comme il est ! Il faut qu'il soit partout. Je crie : « Aïe ! », je laisse tomber le mouchoir, je frotte mon pied et je me mets à pleurer.

En fait ça ne m'a pas fait tellement mal au pied, mais ça suffit à me faire pleurer. Karli me regarde de ses gros yeux bêtes, sœur Lyda me tapote l'épaule et Mme Fiedler se penche et caresse les cheveux tout raides de Karli. Juste un peu. Mais je l'ai bien vue. Il ne manquait plus que ça ! Elle ne caresse pas son vrai enfant ! Son enfant du dimanche, c'est moi ! Et puis ce Karli m'a marché sur le pied, et puis...

Au milieu de mes pleurs, sœur Lyda dit :

— Nous pourrions boire tous un bon thé bien chaud.

Elle prend Karli par la main, disparaît vers la cuisine et me laisse toute seule avec la dame que je ne connais pas. J'ai envie de courir après sœur Lyda, mais ça ne se fait pas, je pense. Alors je reste là à renifler, car mon nez se met à couler en vrai.

Mme Fiedler se baisse, ramasse mon mouchoir et me le tend en disant :

— Tiens, toi !

Et, à entendre sa voix, on croirait qu'elle rit en

D'abord ça n'est pas réellement une dame,
c'est plutôt un garçon.
Et puis avec ce bonnet à pompon et cet anorak...

secret. Mais sa voix est gentille, je dois le reconnaître.

Je me mouche et elle me regarde me moucher. Je me mouche assez longtemps.

Mme Fiedler est là à attendre et à me regarder me moucher... Tout à coup elle dit :

— Tu as envie de boire du thé ?

Je n'en ai pas envie. J'aurais plutôt envie de retourner dans mon lit, avec mon Jeannot Lapin, j'aurais envie de me plonger sous la couverture jusqu'aux oreilles. Mais c'est pas possible, bien sûr ! Je secoue la tête, je ne peux toujours pas parler, et sœur Lyda est de nouveau là, sans Karli. Elle se penche vers moi et me dit :

— Tu n'es pas obligée de t'en aller ! Tu peux aussi rester ici et jouer avec Karli.

Jouer avec Karli ! C'est le bouquet ! Non, je préfère m'en aller. Avec cette dame que je ne connais pas. Alors j'ai dit :

— Je préfère m'en aller.

Et nous sommes parties, la maman du dimanche et moi. Enfin la dame que je ne connais pas. Mme Fiedler, quoi.

C'est-à-dire, nous ne sommes pas parties normalement, nous avons foncé. Foncé vers le métro.

— Nous aurons juste la rame si nous nous grouillons ! a dit Mme Fiedler.

Et elle s'est ruée en avant. Et j'ai suivi, je n'avais rien d'autre à faire. Ça ne m'a pas étonnée que nous n'allions pas en voiture. Elle n'a ni auto ni chauffeur, ça je l'avais déjà compris. J'ai tout de suite su que rien ne serait comme nous l'avions cru, Andréa et moi.

Mme Fiedler habite dans une longue rue aux vieilles maisons grises. Pas de jardins, même pas de ces petits jardins étroits qu'il y a quelquefois devant les maisons. La maison où habite Mme Fiedler est grise aussi, tout spécialement grise.

Pour arriver chez elle, il nous a fallu monter quatre étages. Car il n'y a pas d'ascenseur. Un ascenseur, ça n'irait pas du tout dans cette vieille maison pourrie. Notre foyer est mille fois plus beau.

Et puis Mme Fiedler a ouvert la porte et m'a poussée à l'intérieur. La première chose qui m'a frappée : ça pue ! Ça pue la fumée. Très fort ! La fumée de cigarettes. Beurk !

A peine entrée, Mme Fiedler s'est allumé une cigarette, et puis elle m'a montré son appartement.

Il est drôle, son appartement. Tout vide. Pas de meubles dedans, je veux dire : pas de vrais meubles.

D'abord elle m'a tirée dans la cuisine. Mais ce n'est pas une vraie cuisine. En tout cas, pas une comme celle du foyer. Au foyer il y a une cuisinière gigantesque, un évier gigantesque, un lave-vaisselle gigantesque et de grands placards blancs ; tout est d'une blancheur étincelante, et la vaisselle est bien rangée dans les placards. Ici il y a aussi une cuisinière, mais toute petite, l'évier est un bac minuscule, et la vaisselle n'est pas bien rangée dans des armoires, mais entassée en désordre sur un égouttoir, et rien n'est d'une blancheur étincelante. Au contraire. Ça paraît plutôt assez sale. Et pas de lave-vaisselle, je l'ai remarqué tout de suite. A la fenêtre, pas de rideaux, et en plein milieu de la cuisine une table d'une longueur gigantesque. Mais ce n'est pas une vraie table, c'est une planche, très longue et très large, posée sur des tréteaux comme dans un atelier de menuiserie. J'ai vu ça dans un livre.

Et sur la table, quel drôle de fourbi ! Tout sens dessus dessous ! Des tas de papiers çà et là, une machine à écrire, des crayons, des cahiers et des gommes, tout ça pêle-mêle.

J'ai dû prendre un air plutôt bête, car Mme Fiedler a vite rassemblé les papiers et les crayons, et puis elle s'est mise à rire et elle a dit :

— Il faut que tu m'excuses, ici c'est mon atelier, tu sais, je travaille ici. J'étais en train de travailler quand je suis partie te chercher, tu sais ?

Travailler ? Le dimanche ? Qu'est-ce que ça veut dire ? Je ne connais personne qui soit obligé de travailler le dimanche. En tout cas, pas les parents des autres enfants. Et puis les parents des autres enfants, ils ne travaillent jamais chez eux, ils travaillent dans un bureau ou quelque chose comme ça. Et puis qu'est-ce que c'est que ce genre de travail avec tout ce désordre sur la table ? Je n'en ai pas idée.

Un moment j'ai cru qu'elle allait me renvoyer au foyer, parce qu'il fallait sûrement qu'elle travaille et alors je la dérangeais.

Mais je n'ai pas envie de rentrer au foyer maintenant. Là-bas il n'y a plus que cet idiot de Karli et celui-là je le vois toute la semaine. Alors, malgré tout, il vaut peut-être mieux que je reste ici.

L'autre pièce m'a bien plu, même s'il n'y a presque pas de meubles. Dans toute la longueur de la pièce il y a un épais tapis blanc à poils. Ce tapis, il a presque l'air d'une peau d'ours. Et dessus il y a un immense matelas, et il est aussi couvert d'une sorte de tapis blanc à poils, et encore dessus il y a des coussins blancs, et les fenêtres ont de longs rideaux blancs, ça fait beau. Très propre... Mais c'est bien en désordre là aussi : seulement ce ne sont pas des papiers, mais des livres éparpillés sur le matelas, et aussi des rayons pleins de livres. Je voudrais bien savoir si Mme Fiedler les a tous lus. Sûrement pas, parce qu'il y en a trop. Et si elle veut les lire tous, elle a du pain sur la planche ! Moi ça me ferait peur, je n'aime pas tellement lire, en tout cas pas lire un livre d'un bout à l'autre.

Avec mes souliers salis je n'ai pas osé entrer dans la chambre, ça aurait fait des taches sur le tapis. Mme Fiedler, elle, dès que nous sommes entrées, elle a tout de suite ôté ses souliers et ses socquettes, et elle se promène pieds nus. Moi pas, parce que, comme il fait encore froid, on nous défend d'aller pieds nus, même dans les pièces chauffées. Parce que sinon nous nous enrhumerions.

Mme Fiedler, elle, ne s'enrhume pas, on dirait. Elle a remarqué que je n'osais pas entrer à cause du tapis, et elle m'a dit que je n'avais qu'à ôter mes chaussures. Elle est allée me chercher des chaussons. Elle m'en a trouvé, mais quels drôles de chaussons alors ! Des souliers en bois ! Des « sabots hollandais », à ce qu'elle m'a dit, et qui étaient bien pratiques. Moi, je ne les trouve pas pratiques. Ils sont trop grands, et lourds pour mes jambes, et si mastocs que je suis obligée de traîner les pieds. Ça a fait rire Mme Fiedler... D'ailleurs elle rit beaucoup. Et elle tourne sans arrêt, comme si elle était énervée. A peine si elle me regarde, moi je fais pareil, je n'ose pas. D'ailleurs ce n'est pas bien de fixer les gens.

Elle ressemble à un oiseau qui voltige sans arrêt... Elle m'a fait signe d'entrer dans la chambre et elle a dit qu'elle allait nous préparer quelque chose à manger ; ensuite nous nous mettrions à l'aise et nous ferions un peu connaissance.

Je suis entrée prudemment, il n'y avait pas de chaise pour s'asseoir, alors je me suis assise sur un coin du matelas. Mme Fiedler a un peu trafiqué dans la cuisine-atelier, en se parlant tout haut à elle-même. Je n'y ai rien compris, mais c'était qu'elle cherchait quelque chose.

J'ai regardé tout autour de moi. Quel désordre ! Si sœur Franciska voyait ça, elle lèverait les bras au ciel. C'est ce qu'elle fait quand quelque chose traîne dans nos chambres. Et ici il y a des tas de choses qui traînent, même des chaussettes sales. Et partout des cendriers avec des mégots dedans. Qu'est-ce que ça empeste. Mme Fiedler a continué à fouiller la cuisine. Et tout à coup elle s'est écriée :

— Pot de miel, où es-tu, bon sang ?

J'ai pu à peine m'empêcher de rire. Comment peut-on parler à un pot de miel ? Comme s'il allait répondre !

Et puis elle est revenue dans la pièce en trimbalant un grand plateau qu'elle a posé au beau milieu du matelas sur les livres et sur les coussins ; le plateau s'est mis à se balancer dangereusement, alors je l'ai retenu, sinon il allait se renverser et tout aurait dégringolé. Mme Fiedler s'est laissée tomber à côté de moi en riant, et j'ai trouvé qu'elle avait quelque chose de drôle. Alors j'ai vu qu'elle ne portait pas ses lunettes. Elle ouvrait grands ses yeux, et ses yeux sont marron foncé comme ceux de Jeannot Lapin. Tout pareils : grands et marron foncé. Des yeux de Jeannot Lapin ! Et, quand elle rit comme maintenant, elle a des quantités de petits plis tout autour des yeux. Ça, Jeannot Lapin n'en a pas. Mais les cheveux, Mme Fiedler les a tout comme Jeannot

Lapin, je m'en aperçois maintenant. Très courts et foncés, et ils se dressent de tous les côtés, surtout sur le haut de la tête. Chez Jeannot Lapin ils sont bien collés, parce que je les peigne souvent en crachant dessus. Mme Fiedler devrait essayer un peu, je le lui dirai peut-être un jour, mais pas encore.

Et Mme Fiedler a les oreilles décollées. Très décollées, même. Non, elle n'est pas belle, on peut pas dire, et même pas belle du tout. Elle est seulement gentille. Moi, je ne suis pas belle, mais au moins je n'ai pas les oreilles décollées et mes cheveux sont bien plus longs que les siens. J'ai des cheveux de fille, mais elle, elle a des cheveux de garçon ! Je crois que j'ai dû la fixer vraiment longtemps parce qu'elle s'est mise tout à coup à se trémousser sur son matelas et à parler sans s'arrêter. A toute allure. Elle s'appelle Ulla, à ce qu'elle a dit, et je dois l'appeler Ulla, et elle vit seule, et elle a un ami qui s'appelle Christian, et lui habite ailleurs, et ils se voient tous les dimanches, mais plus maintenant parce que je suis là, et elle espère que ça me plaît chez elle, et elle vit en écrivant des histoires pour les enfants, et c'est très difficile de vivre en écrivant, et elle a écrit un livre, mais elle aimerait en écrire beaucoup, et puis... et puis... et puis... et en plus de toutes ces paroles elle tartine du miel sur le pain, elle ouvre des pots de yaourt qu'elle remue à toute vitesse avec une petite cuiller, et puis soudain elle saute sur ses pieds en disant qu'elle a oublié le sucre et elle se précipite dans la cuisine.

Moi je n'ai rien dit du tout, d'abord elle ne m'a rien demandé, elle n'a fait que parler sans qu'il y ait rien à répondre. Je me suis demandé comment elle pouvait parler si vite sans s'arrêter, comme si elle était très énervée. Et je me suis demandé quel âge elle peut avoir. Je n'en ai aucune idée. Vieille, je ne crois pas, elle n'est pas vieille parce qu'elle est très petite et très mince, qu'elle sautille tout le temps, qu'elle marche pieds nus et qu'elle porte des jeans. Mais jeune, elle ne l'est pas non plus. A cause des petits plis et de tout. D'ailleurs, les gens jeunes ne peuvent pas nous prendre, nous les enfants du foyer. A cause de la responsabilité, je crois. Il faut qu'ils soient un peu vieux ou adultes. Mais adulte, elle n'en a vraiment pas l'air, Ulla... Je dois l'appeler Ulla, et pas Mme Fiedler. J'avais un peu espéré que je pourrais lui dire « maman ». Mais ce n'est pas une maman, ça se voit bien. Pas une maman pour moi, en tout cas. Les mamans ne sont pas comme ça. Les mamans sont plus respectables et elles sont aussi plus larges de corps ; presque toujours elles ont des cheveux ondulés ou frisés, elles sourient gentiment sans rien dire et elles s'occupent de nous, comme dans notre livre de lecture. Dans notre livre il y a une de ces mamans qui me plaît bien. C'est la maman de Thomas et de Lise. Ils font tous les deux des bêtises, mais la maman leur sourit gentiment. Quelquefois elle les gronde. Mais presque toujours elle sourit. Et elle fait la cuisine.

La maman Ulla ne sourit pas, elle rit, et même plutôt fort. Elle ne gronde pas et elle ne fait pas de cuisine. Je n'y tiens d'ailleurs pas tellement, je veux dire : aux gronderies. A la cuisine, ça dépend. Mais Ulla n'a préparé qu'une sorte de goûter, avec des tartines de miel, des yaourts et du chocolat chaud. J'aurais préféré du Coca. J'aime le Coca. Mais le Coca est malsain, alors on ne nous en donne pas.

Voilà Ulla qui revient avec une boîte à la main, et

Ulla n'a préparé qu'une sorte de goûter, avec des tartines de miel, des yaourts et du chocolat chaud. J'aurais préféré du Coca.

elle me verse tout un flot de sucre dans ma tasse. Je n'aime pas qu'on rajoute du sucre dans le chocolat, ça me donne mal au cœur. Qu'est-ce que je peux faire maintenant ? C'est trop tard pour dire : « Non, merci bien, je ne voudrais pas de sucre. » Le sucre y est déjà, et laisser le chocolat ce n'est pas poli, ça ne se fait pas.

Je commence par prendre une tartine de miel, les tartines de miel ce n'est pas mon fort, je ne les aime pas beaucoup. Et ce miel est tout liquide, j'ai à peine pris la tartine que le miel coule et dégouline sur la belle couverture blanche. Aïe !

J'espère qu'elle n'a rien vu. Non rien, elle ne porte pas ses lunettes, par chance. Je frotte la tache en cachette, mais elle ne part pas, elle devient plus large et plus brune. Je suis très gênée, alors je fourre toute la tartine, qui n'a presque plus de miel, dans ma bouche, je mâche, je mâche, mais ça ne descend pas, alors je prends une gorgée de chocolat au sucre. Et aussitôt j'ai mal au cœur. Il ne manquait plus que ça !

Ulla ne se rend compte de rien, elle continue à s'agiter sur le matelas. Elle parle, elle parle, et j'ai mal au cœur. Je ne peux pas écouter, je ne peux pas m'empêcher de penser : « J'espère qu'elle ne verra pas la tache, j'espère que je ne vais pas vomir. » Le chocolat très sucré, je le vomis toujours, mais je ne veux pas, et puis je ne sais pas où sont les toilettes, et je suis toute moite de sueur, et cette Ulla qui continue à parler.

J'entends : « ... écrire... », et mon estomac se soulève.

J'entends : « ... concentration... », et le chocolat monte et descend dans ma gorge.

J'entends : « ... pour les enfants... », et j'appuie fort sur mon ventre pour que le chocolat reste dedans.

J'entends : « ... lire ensemble... », et le chocolat me remonte dans la gorge.

J'entends : « ... de beaux dimanches... », et le chocolat est dans ma bouche et en jaillit. Sur moi, sur la couverture à poils, sur la tache de miel et sur le tapis blanc.

Ulla s'arrête de parler, écarquille les yeux, et moi, je ferme les miens. Tout est fini. Jamais elle ne me pardonnera. Ça va être l'explosion. Et pourtant je n'y peux rien, c'est la faute du chocolat. C'est sa faute à elle, parce qu'elle m'a mis du sucre dans mon chocolat. Et maintenant je crois que je vais éclater en larmes.

Mais il n'y a pas d'explosion. Au contraire. Il n'y a rien. Ulla n'est plus là. J'entends comme si de l'eau coulait. Et puis de nouveau la voilà. Elle ne dit rien, elle me met debout et, en faisant ça, elle se salit avec le vomi dégoûtant, mais elle ne gronde pas, elle me traîne dans la salle de bain, elle ne dit pas un mot de la couverture et du tapis cochonnés. Elle se met simplement à me déshabiller comme si j'étais un bébé, elle déboutonne mon chemisier, c'est-à-dire le chemisier d'Andréa, qui est tout taché et qui empeste. Ça bardera avec ce chemisier, mais maintenant je m'en fiche parce que j'ai mal au cœur. Très mal.

Ulla me déshabille jusqu'à ce que je sois toute nue, et je n'ai même pas honte. C'est parce que je me sens si mal. Et elle dit :

— Hop ! Dans la baignoire !

J'entre dans la baignoire, l'eau est bien chaude avec de l'écume dessus qui sent bon, je m'y plonge et ça me chatouille la peau ; l'écume me monte jusqu'au cou, j'aimerais rester toujours sous cet édredon en écume et je ferme les yeux. Je me sens si mal. Je suis si fatiguée. Je me laisse encore un peu glisser sous l'eau bien chaude et l'eau me clapote autour des oreilles ; je ne peux plus rien entendre, seulement ce clapotement, et je ne peux plus rien penser et je ne veux d'ailleurs plus penser à rien. Je veux rester là seulement ; il fait bon chaud, et ça sent bon, et je ne vois rien et je n'entends rien. C'est bon...

Quand j'ouvre les yeux, Ulla est assise sur le bord de la baignoire et elle me dit :

— Eh bien, toi ! Viens, sinon tu vas te noyer.

Et sa voix est gentille comme si elle ne m'en voulait pas du tout. Elle me tire à elle, m'enveloppe dans un grand peignoir moelleux et me soulève comme si j'étais un bébé ; elle me porte dans la chambre et me pose sur le matelas. La chambre est toute changée, elle sent autrement. Un parfum frais... La fenêtre est ouverte ; c'est un peu obscur car les volets sont fermés, pourtant il fait jour dehors. Je suis si fatiguée. Mes yeux se ferment sans arrêt. Mais je n'ai plus mal au cœur, peut-être un tout petit peu seulement. Ulla s'est assise près de moi, elle prend un livre, met ses lunettes et dit :

— Je vais te lire quelque chose, veux-tu ?

Je fais oui et je pense : « Avec ces mochetés de lunettes, on ne peut plus voir ses yeux. » Et puis j'ai dû m'endormir.

Quand je me suis réveillée, d'abord je ne savais pas où j'étais. Dans la chambre c'était tout noir. Puis ça m'est revenu : l'histoire du vomissement et le bain chaud. Et après j'ai peut-être dormi tout l'après-midi, et maintenant il est tard, il faut que je rentre au foyer. Le dimanche est fini. Ulla m'en veut sûrement, comme je me suis conduite... J'ai tout gâché, et juste au moment où Ulla s'est gentiment assise auprès de moi je me suis endormie ! Je crois que je suis bête ! Ulla ne veut plus de moi, c'est clair. Moi non plus, je ne voudrais pas de moi !

Ce que je préférerais, ce serait ne pas me lever du tout, mais il faut, je dois rentrer. Je me suis donc levée, j'ai ouvert la porte avec précaution et j'ai juste jeté un coup d'œil. Ulla est assise à sa table-établi dans la cuisine, elle fume et elle tape sur sa machine à écrire. Elle travaille. On ne doit pas déranger les personnes qui travaillent, mais il faut bien. J'ai d'abord voulu frapper, parce que c'est poli de frapper, mais on ne peut pas frapper à une porte déjà ouverte. Alors j'ai dit simplement :

— Il faut que je parte.

Ulla a levé aussitôt les yeux, mais elle a un regard absent, j'ai bien compris que je la dérange. Maintenant elle va m'en vouloir non seulement pour le tapis et la couverture cochonnés et pour ma bêtise d'aujourd'hui, mais, en plus, parce qu'elle a à me ramener et qu'elle ne va plus pouvoir travailler. Alors elle me dit :

— Eh bien, habille-toi.

Sa voix aussi paraît comme absente. Je suis allée dans la salle de bain, je la connais maintenant cette salle de bain, et là j'ai vu le chemisier d'Andréa, son chemisier que j'ai sali, qui nageait dans la baignoire. Ça va barder parce que je ne peux plus le lui rendre en douce. Y a ça encore !

J'ai mis ma culotte, mon jean, j'ai attaché mes souliers, et puis j'ai enfilé mon manteau par-dessus mes habits, et déjà Mme Fiedler, enfin je veux dire Ulla, me criait :

— Tu y es ? J'ai appelé un taxi.

Un taxi ! Je ne vais jamais en taxi, juste une fois parce qu'il fallait vite me porter chez le dentiste, j'avais une molaire qui me faisait trop mal, et alors je n'ai pas vraiment pu profiter du taxi. Aujourd'hui non plus je ne profiterai pas. Je sais pourquoi elle m'emmène en taxi : pour se débarrasser plus vite de moi et se remettre à travailler. Le taxi c'est cher, je le sais. Et elle est pauvre, ça se voit. Parce qu'il faut qu'elle travaille aussi le dimanche et parce qu'elle n'a pas de vrais meubles, et pas de voiture, et pas de mari, seulement un ami.

— Tu es prête ? Le taxi est là ! s'écrie Ulla.

Je soupire, je sors de la salle de bains, Ulla est là, prête. Et nous voilà dans le taxi. Elle n'a rien dit, moi non plus. J'aurais pourtant voulu lui demander si elle m'en voulait et si je peux revenir dimanche prochain, j'aimerais tant, et je regrette tant aujourd'hui, mais je n'ai pas lâché un mot. Et Ulla a l'air de préférer se taire. Elle a de nouveau son air de je-suis-ailleurs. Un peu comme endormi. De moi elle ne se soucie pas du tout. Je suis une déception pour elle.

Devant le foyer je suis descendue en vitesse, pas Ulla, elle est restée dans le taxi, elle m'a fait signe en criant :

— Salut ! A bientôt !

Qu'est-ce que ça signifie ? Elle veut dire : A dimanche ! ou quoi ?

Elle n'a pas dit : « Salut ! A dimanche prochain ! » Elle a seulement dit : « Salut ! A bientôt ! » Ça veut dire : A un de ces jours... Ensuite je suis rentrée. Les autres enfants n'étaient pas encore là, il y avait juste cet idiot de Karli, mais lui, il est toujours là. Et Andréa était déjà de retour. Quand elle m'a vue, elle m'a sauté dessus. Je me suis dit : « Aïe ! Ça va barder à cause du chemisier, elle s'en est sûrement aperçue, que son chemisier n'est pas là, son chemisier il est en train de flotter dans la baignoire d'Ulla. Qui sait quand je le récupérerai ? »

J'ai vite réfléchi : je n'ai qu'à dire que je ne sais rien de la disparition du chemisier, Andréa n'a qu'à faire attention à ses affaires, ou bien je peux dire que c'est cet idiot de Karli qui l'a pris et que je l'ai vu, ou encore... Mais je n'ai pas cherché plus loin parce que Andréa s'est mise à crier :

— Alors, raconte ! Comment c'était ? Est-ce qu'elle a une peau de girafe ou pas ?

Une peau de girafe ! Si elle savait ! Je ne raconte rien, je passe devant Andréa, je monte les marches quatre à quatre, j'entre dans notre chambre et je claque la porte. Je veux être seule, je ne veux rien raconter. Ce dimanche, ça a été un ratage, mais personne n'a besoin de le savoir, surtout pas Andréa.

Mais elle ne me lâche pas, j'aurais dû m'en douter. Elle court tout simplement derrière moi et j'ai à peine claqué la porte que la voilà déjà qui exige :

— Maintenant raconte, et vite, sans ça...

Ce « sans ça », je le connais. C'est mauvais. Si je ne dis rien, elle me tombe dessus. Elle ne me tombe pas en vrai, mais en paroles, et c'est encore pire.

Alors je lui dis très vite :

— C'était beau ! Et elle a une peau d'ours blanc super !

La peau d'ours, ce n'est pas vraiment un mensonge parce que le tapis à poils a un peu l'air d'une peau d'ours. Avait l'air, plutôt, car une chose est sûre : je ne le reverrai plus, le tapis.

Andréa ouvre de grands yeux, je lui file sous le nez et je me précipite dehors. Aux toilettes. Là au moins on est seul. Enfin je le croyais. Andréa me suit en courant. Je m'enferme au verrou et Andréa est devant la porte à tambouriner. Elle crie :

— Idiote ! Tu dois me raconter ! Est-ce qu'elle a des cheveux roux ?

Je lui réponds :

— Non ! Tu me laisses tranquille, à la fin ? Elle a des cheveux gris.

— Menteuse ! hurle Andréa en secouant la porte. Tu vas me raconter, ou j'enfonce la porte.

Et elle lance dans la porte un grand coup de pied, ça fait un vacarme terrible ! Andréa est toujours si brute ! Si elle continue à donner des coups de pied, sœur Lyda va venir et nous gronder. Il faut que je parle, que je dise n'importe quoi pour que cette idiote ait quelque chose à se mettre sous la dent, après elle me fichera la paix. Je réfléchis vite et je me rappelle soudain qu'Andréa aime lire, des tonnes de livres, elle aime même drôlement ça, elle n'en a jamais assez... Justement Ulla m'a raconté qu'elle écrit, pour les enfants, et qu'elle en a déjà écrit un, je veux dire un livre pour les enfants. Si je dis ça à Andréa, ça la calmera au moins un moment, et elle me lâchera. Je n'ai qu'à lui promettre de lui apporter un jour le livre d'Ulla, elle sera enchantée. Mais Ulla, je ne la verrai plus. C'est sûr, elle ne veut plus de moi, mais ça, ça ne regarde pas Andréa, elle n'a pas besoin de le savoir. Pas encore. Je lui crie à travers la porte :

— Je vais te dire quelque chose, mais ne donne plus de coups de pied ! Tu promets ?

Il y a un instant de silence de l'autre côté de la porte, puis Andréa crie :

— Promis.

Je déverrouille la porte et je sors. Quand Andréa a dit « promis », c'est promis. Idiote, elle est idiote, mais elle n'est pas déloyale, elle tient sa parole.

— Eh bien, voilà, ma maman du dimanche, elle écrit des livres, si tu veux savoir.

Des livres, c'est exagéré, mais ça fait mieux et, de toute façon, Andréa ne peut pas vérifier.

D'ailleurs ça produit son effet. Andréa est là, à me fixer. Avec admiration. Elle demande, méfiante :

— C'est vrai, espèce de menteuse ?

— Parole !

Et je lève trois doigts. Alors Andréa me croit.

— Je t'en apporterai un, une fois !

Ça, ça fait encore plus d'effet. Andréa devient toute douce.

— Pour de vrai ? demande-t-elle.

Je fais signe que oui.

— Alors, ta maman du dimanche, elle est écrivain ! s'exclame-t-elle, la voix pleine de respect. Dis donc, quelle chance tu as !

Je peux à peine m'empêcher de rire. Ulla écrivain ! Ça, elle n'est sûrement pas un écrivain. Les écrivains sont des êtres exceptionnels, je le sais, et Ulla n'est pas un être exceptionnel, Ulla est tout à fait ordinaire. Elle est même pauvre, mais gentille. Et je ne la reverrai plus, par ma faute, probablement. Mais ça, je ne le dis pas à Andréa. Ça non ! Je le dirai seulement à Jeannot Lapin et je voudrais bien aller le voir, lui, et tout lui raconter parce que lui il me comprend. Mais voilà le gong du dîner. Ouf ! En fait je n'ai pas faim. Mais en tout cas, au dîner, on n'a pas besoin de parler.

Andréa m'accompagne et, quand nous sommes au réfectoire, elle me chuchote encore dans l'oreille :

— Pour le livre, hein, tu n'oublieras pas ?

Alors je pense : « L'oublier, non je n'oublierai pas, mais l'apporter, ça c'est autre chose. »

Enfin, au moins, Andréa ne me casse plus les pieds, elle a maintenant du respect pour moi parce qu'elle s'imagine que ma maman du dimanche est un écrivain.

Au dîner tous les enfants ont encore drôlement frimé, ils parlaient de leurs balades super, de leurs repas de midi super, et des montagnes de gâteaux, et des jeux formidables où ils ont gagné... Moi aussi, j'aurais pu leur raconter des choses. Moi aussi, j'ai eu mon dimanche avec ma maman du dimanche, aujourd'hui. Mais quel dimanche ! C'était pas comme leurs dimanches à eux ! Je préfère ne pas en parler. Mon jambon et ma purée, je les ai filés à Karli. Lui, il engloutit tout, absolument tout. Il m'a fait un sourire-grimace, en bavant, et il a tout dévoré d'un coup. Ensuite, heureusement, le dîner était fini, on pouvait se lever et retourner dans nos chambres. Je voulais y aller, et sans traîner, mais soudain sœur Lyda était là, devant moi, et elle disait :

— Il y a un coup de téléphone pour toi.

Un coup de téléphone pour moi ? Je n'en ai jamais eu ! Qui pourrait bien me téléphoner ? C'est sans doute pas pour moi, elle s'est sans doute trompée, sœur Lyda. Mais sœur Lyda m'a poussée brusquement en disant :

— Eh bien, dépêche-toi, vas-y vite !

Et je suis allée au téléphone, dans le hall, j'ai pris l'appareil et j'ai écouté. Rien.

— Alors ! Annonce-toi !

Sœur Lyda me pressait et, comme je ne disais toujours rien, elle m'a pris des mains l'appareil et elle a dit :

— Voilà, madame Fiedler, elle est là.

Et elle m'a remis l'appareil entre les mains. Mme Fiedler ! Ulla ! Dans mon ventre ça s'est remis à cogner. Je crois que je vais avoir mal au cœur. Ulla, que me veut-elle donc ? Elle a sûrement commencé par parler à sœur Lyda et elle s'est plainte parce que je me suis si bêtement conduite aujourd'hui, et certainement elle va me dire qu'elle ne veut plus de moi. Je suis là et je ne sais pas ce que je dois dire. Je suis là, l'appareil en main, et dedans j'entends répéter :

— Allô ! Allô !

Alors sœur Lyda me chuchote :

— Eh bien, dis quelque chose !

Alors j'ai dit :

— Allô !

Mme Fiedler, enfin Ulla, s'est mise à parler, et elle avait une voix très bizarre, mais très gentille. Elle ne m'a pas du tout grondée, pas du tout.

Je sais exactement ce qu'elle a dit. Elle a d'abord dit :

— Salut, toi ! Je voulais savoir si tu vas bien après notre premier dimanche.

Elle a dit : notre premier dimanche ! Ensuite elle a continué :

— ... Avoir de la patience entre nous... S'habituer l'une à l'autre... Ça viendra...

Et elle n'a pas parlé de son tapis cochonné. Alors j'étais rudement contente... et j'ai fait oui de la tête, sans me rendre compte qu'au téléphone ça ne se voit pas. J'étais vraiment bête ce soir-là. Et puis elle a encore dit quelque chose de très bien. Elle a dit :

— Je me fais une grande joie de notre prochain dimanche. Salut, enfant du dimanche !

Et puis ça a fait clic. Elle avait raccroché. Moi, j'étais là avec l'appareil à la main et j'avais une drôle d'impression dans le ventre. Plus mal au cœur, plus du tout, au contraire. Elle se fait une grande joie de notre prochain dimanche, elle l'a dit. Une grande, elle a dit. Elle ne m'en veut pas, elle veut me revoir, c'est clair. Et elle m'a téléphoné exprès pour ça. Pour me dire ça ! Les autres enfants, on ne leur téléphone jamais. Mais moi, si ! Et dès le premier dimanche ! Dis donc ! J'ai reposé doucement l'appareil et je suis remontée par l'escalier, et au milieu de l'escalier une pensée m'est venue ; elle a dit : « enfant du dimanche »... Je me suis arrêtée. C'est vrai, j'en suis un, et même doublement un puisque je suis née un dimanche et que maintenant Ulla vient me chercher le dimanche. J'ai bondi de joie et grimpé les marches trois par trois, ça je sais le faire.

Andréa était déjà assise sur son lit du haut, elle balançait ses jambes, et elle m'a demandé avec reproche :

— Où est-ce que tu étais, tout ce temps ?

J'ai répondu d'un air naturel :

— J'ai parlé au téléphone avec ma maman du dimanche, si tu veux le savoir.

Et aussitôt je suis partie me laver les dents au cabinet de toilette. Je n'ai rien lavé de plus, puisque je m'étais baignée dans la journée. Et, enfin, vite au lit. Andréa voulait parler encore, moi pas. Elle posait des questions, des tas de questions, mais j'ai fermé bien fort les yeux et j'ai fait semblant de dormir. J'ai même ronflé. Alors Andréa s'est tue.

J'ai pris mon Jeannot Lapin contre moi et je lui ai

tout raconté dans son oreille qui retombe. Tout bas pour qu'Andréa n'entende pas. Je lui ai dit que je m'en fiche qu'Ulla soit pauvre, qu'elle n'ait pas de cheminée ni de voiture et qu'elle n'ait pas l'air d'une vraie maman, elle n'y peut rien, mais en échange elle est gentille et elle veut me garder. C'est le principal ! Et puis j'ai fait une promesse à Jeannot Lapin : dimanche prochain, je serai sage et gentille pour faire plaisir à Ulla. Et après j'ai pincé trois fois l'oreille de Jeannot Lapin, ça veut dire que c'est promis-juré. Et puis nous nous sommes endormis, Jeannot Lapin et moi. Andréa, au-dessus de moi, s'agitait en marmonnant. Cette fois encore, elle n'a pas échangé son lit avec moi. Ça m'est égal. Je n'en ai plus envie maintenant. Maintenant j'ai Ulla, ma maman du dimanche, et elle m'a !

Le lendemain, lundi, ça a bardé.

Dès que je me suis réveillée. Andréa tourbillonnait à travers la chambre, elle a ouvert l'armoire et fouillé dans tous les tiroirs, les siens et les miens, en râlant ferme... J'ai tout de suite compris : elle cherche son chemisier. Mais je n'ai rien dit, j'ai fait semblant de continuer à dormir. Je regardais entre mes cils, Andréa lançait des coups d'œil de mon côté, et pas d'un air aimable. Et puis elle a encore rampé sous mon lit. Pour finir il fallait bien que je me lève. Je ne peux pas rester au lit toute la journée, je devais partir pour l'école.

J'ai donc fait semblant de me réveiller, et alors Andréa s'est jetée sur moi, m'a tirée par mon pyjama et m'a crié d'une voix menaçante :

— Où est mon chemisier ? Rends-le-moi immédiatement !

Mais elle ne pouvait pas savoir que je le lui avais emprunté, aussi j'ai dit :

— Lâche-moi, je ne l'ai pas.

— Bien sûr que tu l'as, hurlait Andréa qui me tenait toujours. Je le dirai à sœur Franciska !

Quelle sale rapporteuse ! J'ai vite sorti mes bras des manches du pyjama et Andréa était là à tenir ma veste de pyjama à la main, sans moi dedans. C'était si drôle que j'en ai ri. Ça a encore plus énervé Andréa. Furieuse, elle a jeté la veste par terre en glapissant :

— Voleuse, donne-moi tout de suite mon chemisier, sans ça...

Et puis le gong du petit déjeuner a sonné. Et je ne m'étais pas encore lavée !

J'ai filé au cabinet de toilette, avec Andréa derrière moi. Elle m'a arraché des mains la brosse à dents et elle m'a frappée avec, sur la tête.

Bien sûr ça ne fait pas mal, mais c'était méchant, alors j'ai pris mon gant de toilette, il était bien mouillé, et je le lui ai jeté à la figure.

Andréa a reculé, elle a glissé et s'est retrouvée assise par terre. Ça a dû lui faire assez mal, je crois, et Andréa s'est mise à pleurer. Faut dire qu'elle est toujours si douillette !

Je lui aurais bien expliqué, pour le chemisier, mais elle ne m'a pas laissé placer un mot, elle m'a tout de suite lancé des injures. Et puis elle m'a tapé dessus, et ça je ne l'admets pas.

Elle était là, assise par terre à beugler, alors je lui ai encore donné une tape sur la tête. Pas méchante, vraiment pas. Andréa a poussé des cris encore plus forts et elle m'a mordu la jambe. Profond. On voyait encore ses dents trois jours après. Ou peut-être deux jours.

J'ai eu peur et j'ai crié. Et tout à coup sœur Lyda était là dans le cabinet de toilette et elle s'est mise, elle aussi, à crier :

— Assez, maintenant ! Arrêtez, toutes les deux !

Elle nous a prises toutes les deux, moi à gauche, Andréa à droite. Andréa sanglotait, moi je pleurais aussi, mais sans larmes, et je me frottais la jambe. Sœur Lyda a expédié Andréa prendre le petit déjeuner et elle m'a envoyée m'habiller dans notre chambre.

— Je ne veux plus rien entendre, a-t-elle dit.

Ce qui fait que là encore je n'ai rien pu dire. Au petit déjeuner, Andréa m'a lancé des regards furieux. Mais j'ai tartiné tranquillement mon pain et j'ai plongé le nez dans ma tasse de cacao.

Elle n'a qu'à me ficher la paix avec son chemisier à la noix !

A la fin du déjeuner, Andréa s'est levée la première et a filé dans notre chambre ; moi, je l'ai suivie sans me presser, il fallait bien que j'aille prendre mon cartable. J'ai traîné exprès aussi longtemps que possible, je n'avais pas envie de rencontrer Andréa.

Et pourtant je l'ai rencontrée, elle m'a presque renversée en courant.

— J'ai tout fouillé ! Tout ! Le chemisier n'est pas dans la chambre.

Elle m'a bien regardée en face et elle a dit :

— Lève ton doigt trois fois et réponds sur ta parole d'honneur. Est-ce que tu as mon chemisier ?

J'ai secoué la tête, c'est vrai que je ne l'ai pas, mais je n'ai pas tendu le doigt trois fois.

Elle ne s'en est pas aperçue. Elle s'est élancée en criant :

— Alors c'est sûrement cet idiot de Karli qui l'a. Attends un peu !

Et la voilà partie. Il ne l'a sûrement pas, ça je le sais, mais c'est elle qui a parlé de cet idiot de Karli, c'est pas moi.

Maintenant elle va lui faire sa fête, mais ça ne lui rendra pas le chemisier. Elle va sans doute le pincer et lui tirer les cheveux, et pourtant Karli n'y peut rien... Mais je me suis dit qu'il supporterait bien. De toute façon, il est bête, le pauvre.

Malgré tout, je n'étais pas tranquille et je me suis juré de rapporter le chemisier sans faute dimanche prochain, je le remettrai en cachette dans l'armoire de notre chambre.

Et je ferai un petit cadeau à Karli. Ou peut-être pas. Je jouerai un peu avec lui, ça me coûtera moins cher.

J'ai pris mon cartable et je me suis sauvée.

Dans le hall, j'ai guetté si j'entendais Karli pleurer parce que Andréa le martyrisait, mais je n'ai rien entendu et j'ai couru à l'école.

Quand je suis rentrée, ça a bardé de nouveau, et comment ! Andréa a mouchardé, elle a raconté à sœur Franciska qu'elle me soupçonnait. Enfin elle a fait un vrai raffut. Et, pour finir, tout a été découvert.

J'ai dû aller au bureau de sœur Franciska tout avouer. J'ai dû dire pourquoi maintenant le chemisier d'Andréa flotte dans la baignoire d'Ulla.

Sœur Franciska m'a sévèrement grondée, elle a dit que j'étais une dissimulée, une cachottière, que ce n'était pas bien, et que le pauvre Karli avait payé pour mes mensonges, et ainsi de suite.

En fait j'avais honte, mais j'étais aussi en colère. Je n'avais pas voulu voler le chemisier. Seulement l'emprunter. Si Andréa n'est pas prêteuse, je n'y peux rien, moi. Et je ne vois pas pourquoi il m'aurait fallu raconter cette histoire de vomi, ça ne les regarde pas.

Tout ça je ne l'ai pas dit, j'ai seulement dit que je rapporterais le chemisier. Alors sœur Franciska a dit quelque chose de très grave.

Elle a dit qu'on allait réfléchir pour savoir si, dans ces circonstances, on pouvait me laisser aller chez Mme Fiedler. Dans quelles circonstances ? Qu'est-ce qu'elle veut dire ? Je suis restée muette à regarder mes pieds.

Voilà ! Maintenant ils ne veulent plus me laisser aller chez Ulla. Juste quand je commençais à m'en faire une joie.

Ça, c'est méchant. Dans mon ventre je sens une grosse boule de colère.

Sœur Franciska m'a renvoyée, et en partant j'ai claqué la porte. Alors elle m'a rattrapée, elle m'a fait rentrer et j'ai dû ressortir, en refermant doucement la porte. Et puis elle a dit que je devais aller faire des excuses à Andréa et aussi à Karli. Mais ça, je ne le ferai pas. Je ne le ferai jamais !

De toute façon c'est la faute d'Andréa, et je ne vais pas faire des excuses à Karli, il est bien trop bête.

J'aurais aimé casser quelque chose en mille morceaux ou lancer des coups de pied dans la porte de sœur Franciska !

Mais je n'ai pas osé le faire.

J'ai couru dans notre chambre et je me suis jetée sur mon lit, bien qu'il n'ait été que midi. J'ai pris mon Jeannot Lapin contre moi, j'étais trop furieuse pour pouvoir lui parler. Ils sont tous horribles ici, et injustes ! Tous ! Il n'y a qu'Ulla. Elle, elle est gentille, elle ne gronde jamais. Et maintenant je n'ai plus le droit d'aller chez elle. De rage, j'ai mordu l'oreille de Jeannot Lapin. Il n'y peut rien, lui, mais ce sont les autres ! Tous ! Je ne veux plus rester ici ! Je me sauverai ! J'irai tout droit chez Ulla ! Je prendrai mon Jeannot Lapin, je mettrai mon manteau, parce qu'il fait froid, et je me sauverai. Tout de suite après le repas de midi. Je commencerai par prendre le métro, et puis je suivrai la longue rue grise, je tournerai et je serai arrivée. Alors je sonne, elle ouvre la porte et elle est bien contente de me voir. Et je raconte tout, que ce n'est pas ma faute ! Si elle n'est pas là, je m'assieds sur une marche et j'attends — il faudra bien qu'elle revienne — et, si elle me voit assise là, elle ouvrira les bras et je lui sauterai au cou et... Mais, pour prendre le métro, il me faut un ticket. Je n'en ai pas. Ça coûte quelque chose. Ça s'achète. Et je n'ai plus d'argent de poche, il y a longtemps que je l'ai fini. On me donnera de l'argent de poche dimanche prochain, mais c'est si peu qu'on n'en a jamais assez. Moi, en tout cas, je n'en ai jamais assez.

Andréa en a toujours assez, je ne sais pas comment elle fait. Elle, elle a sûrement encore de l'argent.

Lui demander qu'elle m'en prête ? Elle ne le fera jamais ! Surtout maintenant, après ce qui s'est passé !

Le plus simple, c'est que je téléphone à Ulla. Qu'elle vienne me prendre. Tout de suite !

Mais je réfléchis que je ne sais pas son numéro de téléphone. Sœur Franciska le connaît, mais elle ne me le dira pas, j'en suis sûre. Et l'annuaire avec les numéros, il est dans son bureau, et je ne vais pas maintenant aller farfouiller dans son bureau pour regarder dans l'annuaire. Qu'est-ce que je dirai si je me fais prendre ? Et je me ferai sûrement prendre, et puis si je me sauve elle m'en empêchera, parce qu'elle veut me garder enfermée au foyer tous les dimanches et pour toujours.

Alors je me mets à pleurer. Je n'y peux rien, les larmes me viennent malgré moi, et ça ne sert à rien de presser Jeannot Lapin contre mes yeux. Mes larmes coulent sur sa petite culotte à carreaux.

Soudain, je sens quelque chose près de moi, quelque chose qui grouille sur ma couverture, près de mon oreille.

Je serre mon Jeannot Lapin contre moi et je m'enfonce sous la couverture. Il y a quelqu'un ici et je ne veux pas qu'il y ait quelqu'un.

Ça continue à grouiller près de mon oreille et une main se glisse sous la couverture, touche ma tête et se promène sur mes cheveux.

— Va-t'en ! dis-je de dessous ma couverture.

Mais la main n'entend pas. Elle continue à s'agiter. Ce n'est pas Andréa. Ce n'est pas son genre. Elle, elle pince.

Je repousse un peu la couverture et c'est Karli qui est à côté de mon lit, sa main dans mes cheveux. Karli, ce bêta ! Qu'est-ce qu'il vient faire ici ? Je lui crie :

— Va-t'en !

Ma voix est sourde. Sans doute parce que j'ai pleuré.

Karli ne s'en va pas, il écarquille les yeux et bafouille quelque chose, et la salive lui coule sur le menton. Il se met à caresser mes joues, juste là où il y a des larmes.

— Pleurer, dit-il en secouant la tête.

Puis il fouille dans sa poche, en tire un bonbon et me le tend. Un bonbon poisseux, avec des fils collés après. Ce bonbon tout poisseux, avec des fils et d'autres trucs collés, c'est ça qu'il me donne ! Avant que j'aie pu faire non, il me le fourre dans la bouche en grimaçant un sourire content, puis il soulève ma couverture, se glisse près de moi et il recommence à caresser mes joues. Incroyable ! Karli n'a jamais fait une chose pareille. Il ne doit pas faire une chose pareille.

Mais, je ne sais pas pourquoi, je n'ai pas envie de pousser Karli dehors. Je suis trop faible. C'est-à-dire faible au dedans. Karli se serre fort contre moi, il est chaud et bien plus petit que moi, il caresse et cette caresse est agréable... et le bonbon aussi... et je me pousse pour faire un peu plus de place à Karli, il se rapproche aussitôt et avec sa botte sale il me donne un bon coup dans la jambe, il rit, et cette fois sans baver du tout. Sa figure est toute proche de la mienne, il ouvre grands ses yeux, ils sont tout bleus, bleus comme un ciel d'été, ou quelque chose dans ce genre-là. Jamais je n'avais vu les yeux de Karli de si près. Et sur le nez il a trois taches de rousseur. Tout juste trois. Je n'en avais jamais vu. Je veux dire : jamais vu ses taches de rousseur à lui. J'avale ma salive avec la fin du bonbon... Voilà donc ce Karli qui se glisse tout simplement dans mon lit et qui me fait des caresses. Lui qui d'habitude est si bête. Mais en ce moment il n'est pas bête du tout... et je me rappelle alors qu'il faut que je lui fasse des excuses. Parce que je lui ai causé du tort. En vrai je ne lui ai pas causé de tort, enfin pas exprès. Mais je veux bien m'excuser. Maintenant. Maintenant que personne n'entend. Je lui dirai que je regrette qu'Andréa l'ait embêté. Je lui dirai simplement : « Je regrette qu'Andréa t'ait embêté. » D'ailleurs il ne faut pas qu'il s'en fasse rien que pour ça.

Je prends une grande respiration et je lui dis :

— Je regrette.

Karli ne répond pas, il ferme les yeux et se presse contre moi.

— Karli, je te dis que je regrette.

Et je lui chatouille un peu le cou.

La porte s'ouvre brutalement, Andréa entre, s'arrête devant mon lit et pousse un cri. Elle écarte d'un geste la couverture et s'esclaffe :

— Les deux amoureux ! Les deux amoureux ! Ah ! ah ! ah !

Idiote ! Elle ne comprend rien à rien, elle est bête comme ses pieds ! Les amoureux ! Quelle idiotie ! Karli voulait me consoler, c'est tout. Cette idiote n'a pas à faire ce cinéma et puis d'ailleurs... je veux partir d'ici. Je veux sortir d'ici.

Je repousse Karli, je saute du lit et Andréa est là devant moi à crier et à s'esclaffer. Je lui donne des coups de poing dans le ventre. Des bons coups bien forts. Je m'en fiche, je veux partir d'ici, il faut qu'elle me laisse passer ! Je lui donne encore deux ou trois coups ! Andréa ouvre de grands yeux, on dirait qu'elle étouffe, elle appuie ses mains sur son ventre, là où je lui ai donné des coups de poing, puis elle se laisse tomber et se roule par terre en poussant des cris épouvantables. Je m'arrête, affolée. Je ne l'ai pas frappée tellement fort, ou alors vraiment c'est que... Andréa n'arrête pas de crier, de se tordre et de faire comme si je l'avais tuée. Mais quand on peut se tordre et crier, ça veut dire qu'on n'est pas tué.

Maintenant Karli se met aussi à hurler la bouche ouverte, et tout ça c'est ma faute.

Et puis voilà déjà sœur Franciska qui ouvre la porte, d'un bond elle est dans la chambre, elle attrape Andréa par le bras, la met sur ses pieds et demande d'un ton bref :

— Où as-tu mal ?

Andréa montre son ventre et sœur Franciska lui tâte le ventre, le frotte et le masse. Elle ne me regarde pas, elle regarde seulement Karli qui pleure et Andréa qui sanglote. Andréa s'arrête, me montre du doigt et veut dire quelque chose, mais n'y arrive pas. Parce que sœur Franciska dit d'abord :

— Venez, tous les trois !

Elle prend par la main Karli, qui pleure toujours, et sort. Andréa et moi, nous la suivons. Contre sœur Franciska il n'y a rien à faire.

A peine nous sommes dans le bureau de sœur Franciska qu'Andréa se met à me dénoncer... Que je lui ai tapé sur le ventre, que je l'ai jetée par terre et que... et que...

— Je ne veux plus rien entendre, dit sœur Franciska. Ça me suffit pour aujourd'hui.

Elle nous regarde longuement tous les trois, tour à tour. Et elle secoue la tête.

— Mes enfants, mes enfants, ne pouvez-vous donc pas arrêter de vous disputer, arrêter au moins pendant une journée de vous disputer ?

Et voilà Karli qui recommence à pleurer très fort. Andréa aussi est secouée de sanglots et me montre du doigt :

— C'est sa faute à elle, rien qu'à elle !

Et je suis là, et je voudrais être ailleurs.

— Finissons-en, dit sœur Franciska. Aujourd'hui, j'ai vu assez de larmes, vous faites concurrence à la pluie.

Elle montre la fenêtre, il pleut des cordes. Si je veux me sauver, il faudra que j'aie un parapluie et je n'en ai pas. La barbe !

Sœur Franciska se doute de quelque chose. Est-ce qu'elle sait lire les pensées ? Elle dit :

— Commençons par nous asseoir et boire gentiment une tasse de chocolat.

Et, tout en me lançant un regard aigu, elle prend quatre tasses, une boîte à biscuits, emplit les tasses et pose le tout sur la table. Karli et Andréa s'arrêtent de pleurnicher. Ils font des yeux ronds. Boire du chocolat avec sœur Franciska, ça c'est quelque chose de nouveau. Karli prend aussitôt une tasse, plonge la main dans la boîte à biscuits et se remplit la bouche de gâteaux. Andréa renifle encore un peu et se sert aussi. Moi, je suis assise à la table et je n'y comprends rien. Je serai punie, c'est sûr. Mais quand ? Comment ?

Sœur Franciska n'en parle pas, elle me dit seulement :

— Pour toi, du chocolat non sucré.

Et je crois bien qu'elle me fait un clin d'œil. Mais j'ai dû me tromper. Puis elle prend Karli sur les genoux et nous demande si nous avons envie de jouer. Nous nous regardons... Andréa me regarde maintenant presque normalement. Jouer ? Bien sûr que nous avons envie de jouer. Mais jouer avec sœur Franciska ! Elle ne joue jamais avec nous, seulement à Noël ou quand quelqu'un a son anniversaire. D'ailleurs Noël est loin, et personne n'a son anniversaire.

— Eh bien ? demande sœur Franciska.

Elle berce Karli qui grimace un sourire, tout en mâchonnant son gâteau.

— A la puce ! s'écrie Andréa.

Moi, j'approuve. Elle bondit.

— Je vais chercher le jeu, moi !

Puis elle file. Andréa est toujours ultra-rapide.

Et nous voilà tous les quatre autour de la table du jeu. Karli gagne souvent, parce que sœur Franciska lui tient un peu la main. En fait elle triche, mais Karli est encore petit, il faut bien l'aider tout de même. Et puis il est si content quand sa puce tombe au bon endroit.

Andréa a la figure toute rouge et elle cligne des yeux pour bien viser. Je fais aussi des efforts, mais je ne suis pas très adroite aujourd'hui. Je crois que je sais pourquoi. J'aimerais peut-être bien qu'Andréa gagne, parce que si je la laisse gagner, c'est comme si je lui disais : « Excuse-moi. »

Andréa ne comprend naturellement rien, elle me regarde dédaigneusement et dit, toute contente :

— Comme tu es maladroite aujourd'hui, c'est pas possible !

Mais sœur Franciska, je crois qu'elle comprend, elle. Elle me regarde pensivement. Elle voit que je perds encore, et sans rouspéter.

La quatrième partie est finie et le score reste incertain : Karli a gagné deux parties et Andréa, deux. Sœur Franciska pose la main sur mon épaule et me dit, comme si elle y pensait tout à coup :

— A propos, j'ai bien réfléchi, cette affaire de dimanche prochain, tu sais...

Je sais. J'ai le cœur qui bat très fort.

Sœur Franciska ajoute, sa main toujours sur mon épaule :

— Je pense... je pense que finalement nous essaierons encore une fois.

Je sais ce qu'elle veut dire. Je peux y aller, chez Ulla ! Elle ne m'en veut plus du micmac d'hier et d'aujourd'hui. Et je n'ai pas de punition, ou en tout cas elle l'a oubliée. Puis elle met Karli sur ses pieds, elle range le jeu et nous pousse dehors.

— Maintenant, c'est fini, mes petits. Je ne peux pas musarder tout l'après-midi avec vous.

Elle rit, elle pose son doigt sur la bouche et chuchote :

— Surtout ne racontez rien à personne, sans ça il me faudra passer tous mes après-midi à jouer avec de vilains enfants comme vous.

Nous rions aussi, enfin un peu. Ça serait bien : à partir d'aujourd'hui sœur Franciska serait tout le temps dans son bureau et, au lieu de nous courir après continuellement pour nous faire ranger ou nous gronder, elle jouerait à la puce et perdrait toujours... Moi j'ai perdu, mais en échange je suis un peu réconciliée avec Andréa. Parce que je l'ai laissée gagner. Avec Karli aussi, maintenant, je suis assez copine. Ça m'a bien étonnée quand il est venu me consoler aujourd'hui. Parce qu'il est encore petit et puis bête. Quand j'aurai le temps, je jouerai peut-être avec lui.

Et je peux aller chez Ulla. Dimanche prochain. Ce qui est promis est promis.

Alors je décide d'être vraiment gentille et sage toute la semaine. Jusqu'à dimanche. Pour que sœur Franciska ne change pas encore une fois d'avis.

Sœur Franciska n'a pas changé d'avis. J'ai fait bien attention toute la semaine, et elle n'a rien dit.

D'ailleurs j'ai été très gentille. J'ai même dit à Andréa :

— Excuse-moi, s'il te plaît.

Elle n'avait rien oublié du tout et elle y tenait, alors je le lui ai dit. Finalement c'était simple.

Karli, je ne l'ai pas beaucoup vu, cette semaine. Faut dire que je n'ai pas cherché à le voir. Maintenant avec lui, je me sens drôle... J'ai fait semblant d'avoir des tas de devoirs à faire. J'ai dit qu'il fallait que je me concentre très fort. Et que je n'avais pas le temps de jouer. Karli m'a fait tout de même un peu de peine, parce que pendant les repas il se serrait contre moi et me regardait avec ses grands yeux bleus. Et j'ai bien vu qu'il voulait quelque chose. Mais je lui ai donné simplement la moitié de mes tartines et tous les jours je lui ai versé dans son bol un peu de mes céréales du matin. Avec ça il est toujours content. C'est un glouton.

Aujourd'hui nous sommes dimanche, je suis dans le hall et j'attends Ulla. Andréa m'a dit, dès le lever, de ne surtout pas oublier le chemisier et aussi le livre promis. Mais, comme elle me l'a répété toute la semaine, je le sais par cœur. Bien sûr que je ne l'oublierai pas ! Elle n'a pas besoin de faire l'intéressante comme ça.

Elle est déjà partie. Ses parents du dimanche sont venus la prendre. Ils feront une grande balade aujourd'hui, à ce qu'elle a dit. Enfin elle est partie.

Peut-être que je vais faire une grande balade avec ma maman du dimanche. Ce serait super ! Mais, de toute façon, ça sera bien. Aujourd'hui je suis gentille et sage.

Déjà neuf heures cinq. Ulla n'est toujours pas là. Qu'est-ce qu'elle fait ?

Dimanche dernier, elle est venue en retard, peut-être qu'elle arrive toujours en retard...

Ça ne fait rien. J'attends. Elle viendra sûrement me chercher. Au téléphone elle a dit qu'elle se faisait une grande joie de dimanche prochain. Et dimanche prochain, c'est aujourd'hui, donc elle va venir me prendre. Je la crois. Oui, je la crois. Pour en être encore plus sûre, je serre fort mon pouce dans mon poing. On dit que ça porte chance. Comme ça, il n'y aura pas d'anicroche.

Et puis si Ulla ne vient pas me chercher, elle y perdra beaucoup. En vrai ! Parce que je suis très gentille et très sage. Son drôle d'appartement, il ne me gêne pas, ni ses cigarettes. Son tapis blanc avec des poils, je le trouve bien, et je mangerai même des tartines de miel. Vrai, ça ne me dérange pas ! Même si elle doit travailler, si elle reste assise à sa table-établi dans sa cuisine-atelier et si elle me regarde d'un air d'être ailleurs, je resterai bien tranquille sans bouger et je préparerai le chocolat. Ça, je sais. Pour moi je ne mettrai pas de sucre. Et puis je rangerai ses affaires parce qu'il y a beaucoup de désordre, et elle n'a sûrement pas le temps de ranger. Elle sera contente et elle trouvera que je suis une fille parfaite.

Si seulement elle venait... Pour que je puisse faire les rangements...

La voilà devant moi. Avec son anorak et son bonnet à pompon. Je ne l'ai pas entendue arriver. Je me laisse glisser du banc, elle me tend la main, prend la mienne et dit :

— Alors, enfant du dimanche ! Allons-y ! D'accord ?

Et elle m'entraîne vers la porte.

La voilà donc enfin ! Je m'étais promis d'être très gentille et de dire : « Bonjour, Ulla, je suis bien contente ! » Mais je ne dis pas un mot. Je suis bête.

Dans la rue, Ulla pose simplement son bras sur mon épaule et me serre contre elle, juste un peu. C'est agréable. Et elle me décoiffe aussi un peu en passant sa main dans mes cheveux. D'habitude je n'aime pas qu'on me tripote les cheveux, mais elle, elle a le droit. Elle me regarde avec ses grands yeux de Jeannot Lapin — on les voit bien aujourd'hui, même avec ses mochetés de lunettes — et elle dit :

— Dis donc, toi, je suis bien contente de te voir !

Je fais oui de la tête, je voudrais dire : « Je suis bien contente, moi aussi, de te voir. » Mais je ne dis rien. Pourtant je me sens tout chaud au ventre, comme si je l'avais dit.

Ulla pose de nouveau son bras sur mon épaule, et en avant ! L'une contre l'autre. Ce n'est pas facile, parce qu'elle fait des pas immenses, et moi, pendant ce temps, il faut que j'en fasse vite deux petits. C'est comme si je courais en marchant. Ulla le remarque, elle ôte son bras, prend ma main et demande :

— Est-ce que tu es déjà trop grande pour ça ?

Et elle lève en l'air nos deux mains. Très vite, je fais non de la tête. C'est bien de donner la main, même si je suis trop grande pour ça.

— Bon, alors... dit Ulla.

Elle garde sa main dans ma main et nous continuons notre chemin. Maintenant nos pas sont bien réglés.

Nous descendons la rue dans la direction du métro. La main dans la main. Je pourrais marcher tout le temps comme ça. Pour de vrai. Et je me fais une joie de ce dimanche. Il a déjà commencé. Je suis contente qu'Ulla tienne ma main...

— Nous allons faire une balade, tu veux bien ? dit Ulla.

Et elle serre ma main. Je serre la sienne. Pas fort, juste pour qu'elle s'en aperçoive. Une balade. Super !

Mais, j'y pense, elle n'a pas de voiture. Comment veut-elle faire une balade avec moi sans voiture ? Tous les enfants vont en voiture avec leurs parents du dimanche. Je demande :

— Sans voiture ?

Mais aussitôt je suis fâchée, fâchée contre moi-même. Je sais bien qu'elle ne peut pas s'acheter de voiture. Les voitures, c'est cher. J'ai dit une bourde. Mais Ulla n'a pas du tout l'air vexée.

— Pas besoin de voiture, dit-elle.

Et elle me tire plus vite.

— Ça ira très bien sans, tu ne crois pas ?

Je fais oui avec soulagement.

— Nous irons en métro. Jusqu'à un lac, dit-elle. J'ai pensé qu'on pourrait pique-niquer. Ou bien tu as peut-être peur d'avoir froid ?

Je fais énergiquement non de la tête. Bien qu'il fasse plutôt froid. Enfin frais. Je n'ai jamais pique-niqué seule avec quelqu'un. C'était toujours avec les autres enfants et sœur Lyda, dans le parc. Et au bord d'un lac, jamais ! Oui, j'aimerais bien pique-niquer. Et j'aimerais bien aller au bord d'un lac. Y en a-t-il un ici, en ville ? Je crois que si Ulla disait : « Nous allons nous asseoir là derrière, dans le petit abri du tramway, et manger des tartines de miel », j'aimerais bien aussi. Parce que c'est avec elle.

Nous voilà à la station de métro et Ulla me lâche la main. Je pense : « Dommage, c'était bien de se donner la main. » Mais dans le métro, elle s'assied près de moi et me prend de nouveau la main, et pendant tout le trajet elle me tient la main. Quelquefois elle me regarde de côté. Moi je ne la regarde pas, je ne dis rien. Elle doit croire que je suis muette ou idiote ou quelque chose comme ça, mais je ne trouve rien à dire. Ma bouche est comme clouée. Et, plutôt que de dire une bourde, je préfère me taire.

En face de nous est assise une grosse dame, qui serre entre ses jambes un sac à provisions bourré. Elle a une mine sévère. Je ne peux pas m'empêcher de penser que si c'était ma maman du dimanche, ça serait vraiment pas de veine ! Elle ne me tiendrait sûrement pas la main. Elle surveille trop son sac à provisions. C'est vrai qu'elle ressemble plus qu'Ulla à une vraie maman, cette dame ; elle est grosse, large et elle a aussi des frisettes sur la tête. Mais Ulla me plaît mieux, je le sais maintenant. Il n'y a que ses cheveux. Si elle les laissait pousser tout simplement, ça ne coûterait rien et elle n'aurait plus l'air d'un garçon. Elle serait alors comme une vraie femme. Je le lui dirai, plus tard...

Nous restons longtemps dans le métro et, quand nous en sortons, il n'y a plus de ville, rien que des prés et des buissons, et de temps en temps un arbre, et puis le lac.

Il n'est pas très grand, on peut voir facilement l'autre côté, mais ça ne fait rien, c'est un lac. Avec des prairies un peu marron tout autour. Et, dans le lac, il y a des canards qui nagent. Des quantités.

— Nous y voici ! dit Ulla.

Elle ôte son bonnet à pompon qui fait garçon, le fourre dans la poche de son anorak, secoue ses cheveux qui sont tout ébouriffés, et s'élance.

— Qui sera la première à la rive ?

J'enlève aussi mon bonnet, je le fourre dans la poche de mon manteau et je m'élance derrière elle. Ulla a déjà une bonne avance, elle court assez bien pour un adulte, son anorak se gonfle au vent et son bonnet à pompon tombe de sa poche sans qu'elle s'en aperçoive. Elle continue à courir, elle est déjà au bord du lac et elle s'écrie :

— Gagné !

Je ramasse son bonnet. Quelle étourdie ! Je la rejoins et je dis :

— Ce n'est pas de jeu. Tu n'as pas dit : un, deux, trois, partez !

Parce qu'il faut le dire, quand on fait la course. Sans ça, c'est tricher. Et je m'aperçois tout à coup que je lui ai dit « tu » pour la première fois. Tout simplement. Ça a été très facile.

Ulla ne s'est aperçue de rien, elle s'est assise dans l'herbe mouillée et elle me grimace un sourire :

— C'est vrai ! Mais je voulais gagner !

Elle me tire jusqu'à elle pour que je m'assoie moi aussi sur l'herbe mouillée, me prend son bonnet des mains et me l'enfonce jusqu'au nez. Je n'y vois plus.

— J'ai gagné, avoue ! dit-elle.

Et elle me pousse en arrière pour que je tombe à la renverse.

— Mais...

J'essaie de parler, mais je ne peux pas m'empêcher de rire. Cette Ulla, qu'elle est drôle ! J'arrache mon bonnet pour y voir, et puis je l'enfonce moi aussi sur la tête d'Ulla. Parce qu'elle a triché. Bon, comme ça elle n'y verra plus rien. J'aimerais aussi la pousser en arrière pour la renverser, mais je n'ose pas.

Ulla reste assise sans bouger, le bonnet sur son nez. On dirait un gangster à la télé. Elle balance sa tête sous son bonnet de gangster et elle marmonne quelque chose d'une voix assourdie par le bonnet, quelque chose comme « merde ».

Elle a bien dit « merde ». Moi, jamais je ne le dirais. En tout cas pas tout haut, je ne le dis qu'en secret. Les gros mots, ça nous est défendu. Si sœur Franciska avait entendu ça, plus jamais elle ne me laisserait aller chez Ulla ! Et pourtant j'ai bien en vrai une maman du dimanche qui dit « merde ».

D'un geste, Ulla arrache son bonnet et dit :

— Merde, j'ai oublié le pique-nique à la maison !

Je ne peux pas m'empêcher de rire, parce qu'elle a l'air d'être furieuse. Furieuse contre elle, pas contre moi. Moi je n'y peux rien. Et puis ce n'est pas grave, ça peut vraiment arriver à tout le monde. Moi je n'oublie presque rien, mais les autres si. Ulla, c'est une étourdie, elle en a bien l'air. Je voudrais la consoler, mais je dis seulement :

— Je n'ai pas du tout faim.

— Moi si ! s'écrie Ulla en sautant sur ses pieds.

La moitié de la prairie marron reste collée à son

dos. Quelle drôle d'allure ! Elle ne pense même pas à se secouer et se brosser. Et puis je savais bien qu'elle avait oublié le pique-nique. Elle n'avait pas de sac avec elle.

Mais je trouve ça gentil, qu'elle ait préparé un pique-nique ce matin. Un pique-nique pour moi. Ça m'est égal que le sac soit resté la-bas dans sa cuisine et que nous, nous soyons ici.

— Allons jusqu'à la buvette ! dit Ulla. Un, deux, trois, partez !

La buvette est de l'autre côté du lac, il faut presque en faire tout le tour.

Elle s'élance, et déjà son bonnet tombe par terre. Je le ramasse et je la suis en courant. C'est vraiment une étourdie, il faut que je la surveille. Mais d'abord il faut la rattraper. Elle court vite, mais je cours plus vite. Je cours très bien et je vais le lui montrer. La prairie est toute mouillée, ça fait flic flac sous mes pieds. Le lac est grand... et Ulla a pas mal d'avance. Mais je la rattraperai bien. Je cours et j'ai chaud, je cours de plus en plus vite et j'ai un point de côté, mais ça ne fait rien, je veux courir très vite et Ulla verra comme je cours vite... Je la double et, en la doublant, je m'aperçois qu'elle est déjà essoufflée ; je continue à courir et il me semble que la prairie file comme une flèche sous mes pieds. Si je sautais en l'air, je m'envolerais. C'est sûr ! Je volerais droit jusqu'à la buvette, je piquerais au vol un cornet de frites, puis je ferais un grand virage, je reviendrais vers Ulla et je crierais : « A toi ! Attrape ! ». Je lui lancerais toutes les frites et puis j'atterrirais près d'elle, elle ouvrirait de grands yeux.

Un enfant qui vole et des frites qui tombent du ciel !

Mais ce n'est pas possible de voler. Ce n'est vraiment pas possible ? En courant je fais un grand bond, mais mes pieds retombent et continuent de courir. Voler, c'est en rêve qu'on peut voler. Dommage ! Et soudain je suis à la buvette.

Ulla est encore loin derrière, à des kilomètres, ou en tout cas à des mètres. Elle se tient les côtes et me crie complètement essoufflée :

— J'ai faim.

Je ris en moi-même. Je le savais bien que les adultes ne doivent pas courir, ils n'y arrivent pas. La preuve. Pauvre Ulla ! Elle dit au monsieur de la buvette, à bout de souffle :

— Des frites et des petites saucisses... avec beaucoup de moutarde !

Nous voici sur un banc en face de la buvette en train de manger. Pour finir j'ai tout de même faim. Quand nous avons terminé, Ulla demande d'autres frites et nous les mangeons toutes. J'essuie en cachette mes doigts gras sur mon manteau. Nous voilà rassasiées. Nous sommes assises l'une à côté de l'autre, sur le banc, à ne rien dire, à regarder le lac. Et même au-delà du lac.

Les canards nagent et font couin couin. Il n'y a pas de canetons. Ils ne sont pas nés, je pense. Il n'y a que des parents canards. Il y en a deux qui nagent toujours côte à côte. Peut-être qu'ils auront bientôt des enfants. Ils ont l'air d'en vouloir. Ils sont très gentils l'un avec l'autre. Quand ils auront des enfants, ils les garderont toujours avec eux. Ils ne les abandonneront pas, ils ne les laisseront pas à un foyer pour canetons orphelins, puisqu'il n'y en a pas, parce qu'il n'y en a pas besoin. Pas besoin pour les canards. Il n'y en a que chez les hommes. Pourquoi ? Chez les canards, c'est mieux... Si nous avions du pain, j'aimerais bien nourrir les canards. Pour qu'ils deviennent des parents canards grands et forts. Mais nous n'avons pas de pain, rien que des doigts gras.

— Dix balles pour savoir ce que tu penses, dit soudain Ulla à côté de moi. A quoi penses-tu donc ?

Elle dit ça comme si ça l'intéressait vraiment. Est-ce qu'il faut que je lui raconte les canards ? Mais je ne sais pas comment. Mieux vaut pas. Ou peut-être un jour, plus tard...

A ce moment-là de gros nuages gris traversent le ciel. Des nuages de pluie.

— Je pense, dis-je très vite en montrant le ciel, que je suis là-haut sur ce nuage.

Elle va peut-être trouver ça bête, mais je n'ai pas d'autre idée en tête. Ulla regarde en l'air. Elle regarde les nuages.

— Et moi, je pense, dit-elle, que je suis sur le nuage en face et que je te fais signe. Est-ce que tu peux me voir ?

Je ne peux pas, bien sûr. Cette histoire de nuage, c'était pour parler de quelque chose ! Mais Ulla la prend au sérieux. Alors je dis :

— Très bien. Je te vois très bien. Maintenant je donne un petit coup à mon nuage. Avec mes pieds. Pour qu'il aille vers toi.

C'est pas mal trouvé ! Ulla continue le jeu.

— Et moi, j'essaie de me lever sur mon nuage pour mieux te voir. Mais ce n'est pas commode. Vois-tu comme le nuage est instable sous mes pieds ? Je perds l'équilibre et plouf ! je retombe sur mon nuage.

Je ris... et puis soudain je ne ris plus. Parce que

tout à coup je vois ça en vrai. Je vois Ulla enfoncée dans le nuage comme dans un édredon, les pieds en l'air...

— Attends ! lui dis-je. J'arrive sur mon nuage et je vais t'aider.

— Mais tu ne peux pas, répond Ulla, il y a une grande et grosse montagne de nuages entre nous.

C'est vrai, il y a une montagne. Je ne sais plus quoi faire. Alors Ulla dit :

— Ce n'est pas grave, je vais me glisser sous le ventre de mon nuage, m'y agripper ferme et tâcher de me faufiler au-dessous de la montagne de nuages.

— Et moi, dis-je, car j'ai une nouvelle idée, je souffle le plus que je peux pour que la montagne de nuages s'en aille. Mais elle ne bouge pas.

Et, en vrai, elle ne bouge pas.

— Alors, continue Ulla, j'étire mon nuage, je l'allonge, je l'amincis, j'en fais une corde qui pend et je te jette la corde par-dessus la montagne de nuages. Et la corde s'accroche bien fort à ton nuage et je me laisse glisser le long de la corde, la tête la première, puis je grimpe jusqu'à ton nuage. Et je crie : « Attends ! Je viens ! »

— Et moi, dis-je, je m'arrête de souffler. Je tapote mon nuage pour faire un creux où tu puisses t'asseoir.

— Et moi, j'arrive, je m'assieds près de toi. Et m'y voilà !

— C'est comme nous ici.

Je regarde Ulla. Et Ulla me regarde.

— La corde, la corde en nuage, dit-elle, je la laisse retomber, elle tombe en plein milieu du lac. Tu la vois ?

Elle me montre le lac. Je la vois, je la vois

même bien. Le lac est plein de vagues comme si quelque chose venait de tomber dedans.

— Et moi, dis-je, je saute de mon nuage, je plonge la tête la première dans le lac et je vais te sortir la corde, je peux ?

Ulla rit et me serre contre elle.

— Laisse donc la corde. Pour nager il faut attendre l'été. Nous viendrons nager ici, je te le promets. Reste plutôt près de moi. Sur notre nuage !

Soudain sa voix devient sérieuse, elle ne rit plus et elle dit :

— Tu veux bien ?

Sûr que je veux bien, et comment ! Et je veux aussi venir nager. Cet été. C'est loin, l'été ! D'ici là il y aura beaucoup de dimanches où nous ferons des choses ensemble. De grandes balades ou des choses comme ça. Elle veut bien, je le sais maintenant, et moi aussi bien sûr. Je sens un drôle de chatouillis dans mon ventre. Et après l'été nous ferons encore des choses ensemble. Et pendant des années et des années... Le chatouillis est de plus en plus fort, il me monte dans la gorge. Pas comme du chocolat qui veut sortir, mais comme de la joie qui veut sortir. Mon Ulla à moi ! Maintenant et pour toujours, tous les dimanches.

Et tout à coup je me mets à raconter. Je m'étonne moi-même de parler comme ça, pourtant ça vient tout seul. C'est presque comme si je racontais à Andréa, mais à une Andréa gentille, pas une qui pince et qui pousse des cris. Et je ne comprends même plus pourquoi avant je ne disais rien.

Ulla est pourtant comme moi, juste un petit peu différente. Je lui raconte tout, et Ulla écoute. Sans rien dire. Elle ouvre ses grands yeux de Jeannot

« Attends ! lui dis-je. J'arrive sur mon nuage et je vais t'aider. »

Lapin. C'est d'abord de lui que je parle, de Jeannot Lapin, et elle ne se moque pas de moi. Elle trouve ça normal qu'on ait un Jeannot Lapin ! Elle a même demandé comment il est exactement, ce Jeannot Lapin. Et puis j'ai parlé de l'école, j'ai dit que j'aime le sport, mais le reste pas terrible, et j'ai parlé du foyer. Surtout de lundi dernier où il y a eu tout ce micmac, quand Andréa a été si injuste. Alors Ulla a répondu que c'était de sa faute à elle parce qu'elle aurait pu expliquer l'affaire du chemisier et je n'aurais pas eu tous ces embêtements. Seulement, la prochaine fois, quand je voudrai emprunter quelque chose à Andréa, il faudra tout de même que j'essaie de lui demander carrément. Mais Ulla ne se rend pas bien compte, elle ne connaît pas Andréa. Et puis j'ai parlé aussi de Karli. Que nous trouvons tous bête, mais moi je ne le trouve plus si bête. Ulla a dit que c'était souvent comme ça. Si on regardait les gens de plus près, on s'apercevrait qu'ils sont presque tous bien moins bêtes qu'on imagine. Elle a raison. Parce que, lundi, je l'ai vu de tout près, Karli, avec ses taches de rousseur et ses yeux bleus comme un ciel d'été, et depuis il me semble tout à fait différent. Et puis je lui ai dit que j'avais pleuré et que je voulais me sauver chez elle. Alors Ulla m'a regardée sérieusement, elle a dit que je ne dois pas faire ça. Jamais. Parce que se sauver, ça finit presque toujours mal, tout le monde s'inquiète et, en plus, je n'ai pas besoin de me sauver. Elle viendra me chercher le dimanche, c'est promis, c'est convenu. Si je veux, elle peut me le jurer. J'ai dit qu'elle n'avait pas besoin de jurer puisque sœur Franciska le permet de toute façon. Sœur Franciska, elle est devenue formidable, elle a même joué avec nous. Alors Ulla a dit :

— Tu vois bien !

J'allais lui demander ce qu'elle voulait dire par là, mais voilà que des gouttes de pluie nous sont tombées dessus. Nos nuages n'étaient plus des nuages-édredons, mais des nuages de pluie comme les autres. Ulla a bondi, la conversation était finie.

— Vite, à la maison !

J'ai sauté sur mes pieds moi aussi, j'ai boutonné l'anorak d'Ulla, bouton après bouton. Il ne faut pas qu'elle se mouille. Ulla était là, elle me laissait la boutonner, sans piétiner d'impatience parce que ça durait trop longtemps et qu'on se mouillait toutes les deux. Elle souriait, ses joues étaient toutes rouges et elle a posé ses mains sur ma tête, juste un instant, des mains froides, mais ça m'a réchauffée. Et puis elle a boutonné mon manteau. Bouton après bouton. Elle boutonnait de travers parce qu'elle n'avait pas vu le premier bouton. Mais ça ne fait rien. Etre boutonnée, c'est agréable. Mon manteau pendait tout de travers. Et puis on s'est prises par la main et on a filé. Jusqu'à la station de métro. La pluie dansait sur nos têtes, parce que nous avions oublié de mettre nos bonnets. On rentrait en courant. Nous ne rentrons pas au foyer, nous rentrons, tout simplement. A la maison. Chez Ulla. Parce que le dimanche n'est pas fini. Pas du tout fini. Et ce dimanche ne finira pas comme ça, il finira seulement dimanche prochain, quand l'autre commencera.

Le retour à la maison est allé terriblement vite. Il tombait des cordes. Il nous fallait voler comme des flèches. Dans le métro on ne s'apercevait pas de la pluie, mais, quand nous sommes sorties dans la rue d'Ulla, la pluie nous transperçait. Mes cheveux pendaient, exactement comme de la ciboulette, et ceux d'Ulla comme des plumes mouillées. En bavardant et en courant, nous avons encore oublié de mettre nos bonnets. Et puis j'ai oublié de faire attention au chemin. Je voulais le noter dans ma tête, pour le cas où...

Chez Ulla ça sent de nouveau les cigarettes. Ça sent même fort ! Je connais maintenant cette odeur. Et cette affaire de cigarettes, ça ne me plaît pas, je le lui dirai un jour. Maintenant j'oserai le lui dire. C'est mauvais de fumer, ça rend malade. Je ne veux pas qu'Ulla tombe malade. Et puis elle peut même en mourir, et nous venons juste de faire connaissance !

Je suis allée tout droit dans l'atelier-cuisine et j'ai ouvert la fenêtre. Et aussi dans la chambre blanche. Dans l'atelier-cuisine, quel bazar encore ! Il faudra absolument que je range tout ça un jour. Le mieux serait tout de suite. Cette Ulla, quel désordre ! Vaisselle pas lavée, cendriers pas vidés, tous ces papiers répandus à tort et à travers sur la table, et en plein milieu un sac en plastique avec notre pique-nique dedans, le pique-nique oublié...

J'en suis à me demander par quoi commencer, quand voilà Ulla qui m'appelle de la salle de bain pour qu'on se plonge dans la baignoire. Sinon on s'enrhumerait, mouillées comme on est, et un rhume ça ferait encore des histoires au foyer.

Elle a raison. Je ne veux pas m'enrhumer. Je suis tellement moche avec le nez rouge et les yeux gonflés. C'est parce que j'étais enrhumée qu'un jour des parents du dimanche se sont dégoûtés de moi.

Les rangements, je les ferai tout à l'heure ; tout ce bazar, ça ne va pas s'envoler. Je vais dans la salle de bain. Ulla est là. Toute nue. Je suis assez surprise et effrayée. Je la regarde et je détourne vite les yeux.

— Déshabille-toi et plonge-toi dedans, toi aussi, dit Ulla qui n'a pas du tout honte.

Elle est là toute nue, penchée sur la baignoire, et elle remue l'eau. J'espère qu'elle y met beaucoup de mousse pour qu'on ne nous voie pas, comme ça.

C'est ce qu'elle fait, elle en sort beaucoup d'un tube et puis agite bien fort pour faire mousser ; ensuite, elle y entre et me dit de venir aussi, que c'est formidable. Ça me fait un peu drôle. Je ne me baigne jamais avec des femmes. Juste avec Andréa, et plus depuis longtemps. Parce que nous sommes trop grandes.

Et puis il n'y a pas assez de mousse, on voit encore Ulla, dans l'eau du bain. On voit sa tête, son cou et ses seins. Parce qu'elle en a, des seins. Ça ne m'avait pas encore frappée parce que je ne pouvais pas les voir, jusqu'ici. Elle a toujours par-dessus un pull trop grand, du genre débraillé.

Je sais que toutes les femmes ont une poitrine. J'en aurai une un jour. Sœur Franciska a même une maxi-poitrine, vraiment grosse et importante.

Mais Ulla ? Je regarde ailleurs et je commence à me déshabiller. Sans ça je resterai là toute bête dans la salle de bain.

Ulla barbote joyeusement dans la baignoire et fait « Ooooh » et « Aaaah » dans l'eau. Et puis elle tâtonne derrière elle et tire d'une petite corbeille toutes sortes d'animaux qui nagent et de petits bateaux. Elle tourne les mécanismes, et tout à coup les animaux et les bateaux naviguent dans l'eau mousseuse de la baignoire. Ils pétaradent, se culbutent et tourniquent. Il y a aussi un Donald. Lui, il ne sait nager qu'à reculons. C'est rigolo de le voir dans sa veste de matelot, le bec hors de l'eau, pagayer à reculons et aller se heurter contre la poitrine d'Ulla. Ulla pousse un petit cri, et moi je ris. Je m'aperçois que je suis toute nue et je me plonge vite dans la baignoire. Très, très vite même, parce que dehors j'ai froid.

Ensuite nous nous amusons ensemble à faire naviguer les animaux et les bateaux. Donald peut bien se cogner à ma poitrine. Puisque je n'en ai pas encore...

Nous nous envoyons l'une à l'autre des flottilles entières de bateaux. Les miens sont des sous-marins. Ils vont chatouiller les doigts de pied d'Ulla, elle rit et sort ses jambes de l'eau en disant :

— Regarde, mes doigts de pied rient.

Et elle agite ses dix doigts de pied. Je veux essayer aussi, pour voir si mes doigts de pied savent rire. Ils savent. Ils rient même beaucoup mieux que ceux d'Ulla. Parce que les miens sont plus petits, ils savent s'agiter plus vite.

Elle chatouille avec ses orteils la plante de mes pieds, et avec mes doigts de pied je lui chatouille la plante des pieds, et puis nos orteils s'entortillent les uns dans les autres, c'est un méli-mélo et ça chatouille. Ulla rit comme une folle. Elle tapote mon gros orteil doucement du bout de son gros orteil, en disant :

— Bonjour, c'est un baiser d'orteils !

Je tapote mon gros orteil contre le sien et lui rends son baiser. Et puis nous essayons de faire s'embrasser tous nos orteils à la fois. Ils ne peuvent pas, parce que les petits orteils, ce sont des espèces d'avortons qui refusent de bien se plier, il n'y a que les gros orteils qui savent le faire. Ils s'embrassent, s'embrassent et s'embrassent si fort que nous coulons toutes les deux sous l'eau, la tête et tout.

Nous en sortons en même temps, nous crachons l'eau et aspirons l'air. Ulla crache un grand jet d'eau vers moi et s'écrie :

— J'ai faim !

Encore ? Nous venons d'avaler nos saucisses et nos frites. Elle est déjà hors de l'eau. Dommage ! Les baisers d'orteils, c'était bien...

Des rubans d'écume sont accrochés au corps d'Ulla, elle est toute tachetée de blanc et sur la tête elle a un bonnet de mousse. Comme une couronne. Elle sort de la salle de bain en courant, ruisselante d'eau et toute nue, et avant que j'aie pu penser à ce qu'elle allait faire, la revoilà et hop ! dans la baignoire. Au bout de son bras tendu elle tient un sac en plastique. Notre pique-nique. Elle le pose sur le sol de la salle de bain et commence à farfouiller dedans. Elle en sort des petits pains, des pommes, des bananes, du chocolat. Elle pose le tout sur le bord glissant de la baignoire. Et une banane dégringole dans l'eau, je la repêche et Ulla me tend un sandwich. Il est au pâté.

Je n'ai jamais mangé de sandwich au pâté dans une baignoire. Chez nous, au foyer, on mange toujours à table.

Je me régale, Ulla aussi, et nous dévorons tout le pique-nique. Les peaux de bananes et les trognons de pommes, nous les jetons par terre, tout simplement. On pourra tout ramasser plus tard. Je le ferai parce que Ulla oubliera sûrement. Elle s'allonge dans la baignoire, en face de moi, elle s'étire dans l'eau et me fait un sourire. Le dernier morceau de chocolat, nous nous le partageons. Et puis Ulla dit :

— Maintenant dehors !

Elle sort de la baignoire et prend la serviette de bain. Je la reconnais. C'est celle de dimanche dernier. Je sors aussi et nous nous frottons et nous séchons l'une l'autre. D'abord Ulla moi, puis moi Ulla. Jusqu'à ce que notre peau soit rouge et picote. Et je n'ai pas du tout honte de nous voir toutes les deux toutes nues. On n'y fait même pas attention. Ulla enfile un long peignoir de bain blanc et m'enveloppe dans une chemise de nuit, blanche aussi. Avec des petites fleurs bleues dessus. Elle est bien trop longue et me traîne autour des pieds. Et puis ce n'est pas l'heure de dormir, pas du tout même. Il fait encore clair. Mais on est bien dans la chemise de nuit. Elle sent bon, elle sent bon Ulla. Au foyer nous avons des pyjamas. Les chemises de nuit, c'est bien plus beau. Ici, tout est bien plus beau.

Ulla met son bras autour de moi et nous nous baladons dans la chambre. Peignoir et chemise de nuit. Et nous dedans. Puis nous nous installons sur le grand matelas. Ulla a fermé les rideaux blancs.

— Chassons le jour gris, dit-elle.

Et elle tire sur nous une couverture en laine. A cause du rhume que nous ne voulons pas attraper. Nous sommes assises là comme sous une tente, il n'y a que nos têtes qui sortent. Je me glisse plus près d'Ulla, elle m'entoure encore de son bras et je sens sa poitrine contre moi. Elle est douce, sa poitrine. Douce comme mon Jeannot Lapin. Encore plus douce, même.

Ulla me berce. Je crois que je fais un sourire, juste comme Karli, lundi, quand il était sur les genoux de sœur Franciska. C'est agréable d'être bercée. J'aimerais bien l'être toujours. Toujours.

Tout à coup, je ne sais pas comment ça me vient, je dis à la poitrine d'Ulla, parce qu'elle est toujours collée contre ma joue :

— Tu peux pas me garder avec toi ?

Ulla cesse de me bercer... et voilà le téléphone qui sonne. Juste maintenant !

Ulla sursaute, moi aussi parce qu'elle m'entoure de son bras. Elle me lâche, bondit, court dans la pièce à côté et, en sortant, elle ferme la porte.

Et moi je suis là toute seule sur le matelas. C'est bête.

Il fait tout à coup bien plus froid qu'avant. C'est comme ça : quand il y a quelque chose d'important, on est toujours dérangé. Ulla ne m'a pas encore répondu. Il faut qu'elle téléphone ! Mais à qui ?

Elle va sûrement revenir, elle va sûrement dire à ce téléphoneur qu'elle ne peut pas téléphoner maintenant parce que je suis là. Et parce que je lui ai demandé quelque chose.

J'essaie d'écouter. Je n'entends rien puisque la porte est fermée. Et elle ne revient pas. Je pousse un soupir et je me lève. Ce n'est pas drôle d'être seule sur un matelas, on se sent abandonné de tout le monde.

Je pourrais ranger. D'ailleurs je me l'étais dit, mais maintenant je n'ai plus envie, et puis c'est déjà assez en ordre. Dans cette pièce en tout cas. Tous ces livres partout, finalement ça va. Ça fait gai. Avec le bout de mon pied je touche un livre. Quand donc Ulla reviendra-t-elle ?

Je m'ennuie. Je pourrais peut-être empiler les livres. Ça serait peut-être mieux. Je commence à faire des tas. Les grands avec les grands, les petits avec les petits. Ça fait deux grandes tours. Des tours de livres. C'est de toutes les couleurs. Ce serait peut-être encore plus beau si je les rangeais par couleur. Je défais mes tours et je trie les livres à couverture bleue, et ceux qui sont rouges, et puis les verts, et enfin ceux qui ont plusieurs couleurs. Maintenant j'ai quatre piles, elles sont plus petites. Le plus beau, ce serait une grande tour de livres. Alors j'empile tous les livres. La tour oscille. Et voilà Ulla qui m'appelle.

— Viens à la cuisine. Nous allons faire un jeu.

Enfin ! Elle a fini de téléphoner. Mais pourquoi jouer ? Je croyais que nous allions parler et qu'elle continuerait à me bercer. Moi j'ai envie de parler et d'être bercée.

Je vais à la cuisine. Ulla est à sa table, elle a poussé ses papiers et étalé un jeu de l'oie.

Elle me regarde et elle a de nouveau son regard de je-suis-ailleurs. Je le remarque tout de suite. Est-ce qu'elle aimerait mieux travailler ? Mais alors elle n'aurait pas étalé le jeu. En tout cas une chose est claire, plus question de parler ou d'être bercée. Maintenant il faut jouer. Je n'en ai pas envie du tout. Pourquoi les grandes personnes pensent-elles toujours que les enfants ont envie de jouer ? Ce n'est pas toujours vrai.

Je m'assieds près d'elle et nous commençons. Ce n'est pas amusant du tout. Ulla ne joue pas bien. Elle fait des fautes bêtes. Elle pousse mon jeton au lieu du sien. Elle tripote le dé d'un air énervé et, quand j'essaie de tricher pour voir, elle ne s'en aperçoit pas ; pourtant, une tricherie comme ça, même Karli s'en serait aperçu.

Elle joue comme si elle pensait à tout autre chose. Et pas au jeu. Et pas non plus à moi, je le vois bien. Qu'est-ce qu'elle a ? Je gagne sans arrêt et ça ne m'amuse pas parce qu'elle joue comme un pied.

J'arrête. Quand elle est comme elle est maintenant, je n'aime pas ça. Elle n'a pas de raison de m'en vouloir, aujourd'hui je n'ai rien fait de vilain. Rien.

J'ai une idée : ce n'est pas ma faute à moi, c'est celle du téléphoneur ! Avant, elle était gentille et, depuis, elle est spéciale.

Quel idiot, ce téléphoneur ! Je suis prise de rage.

J'attrape le dé et je le jette par terre et les jetons aussi. Ce jeu est moche. Le téléphoneur est moche. Et ce dimanche aussi est moche.

Ulla finit par lever les yeux. Elle finit par se rendre compte que je suis là. Elle me regarde en ouvrant de grands yeux, elle ne dit rien, elle se baisse et ramasse les jetons. Il n'y a que le dé qu'elle ne trouve pas. Moi, je le vois bien, il a roulé sous les rayons de livres, mais je ne lui dis rien. Qu'elle cherche ! Parce qu'elle est bête !

Mais ça me fait tout de même de la peine de la voir là, à quatre pattes, fouillant toute la cuisine sans même me gronder d'avoir tout renversé par colère.

Maintenant j'aimerais lui dire que je regrette, mais ça ne sort pas. Je me lève, je plonge la main sous le rayonnage, je ramasse ce fichu dé et je le lui tends. Ulla prend ma main, elle ne dit toujours rien, elle me regarde simplement. Comme avant. Comme dans la baignoire ou sur le matelas. Ulla est de nouveau Ulla.

Alors je dit tout. Que je ne veux pas qu'elle téléphone si longtemps, qu'elle ne m'a pas complimentée pour la tour de livres, et qu'elle a joué comme un pied et que moi en fait je ne voulais pas jouer ! D'ailleurs je lui ai demandé quelque chose et elle n'a pas répondu, et puis d'ailleurs le dimanche est fini, il faut que je retourne au foyer. Mais je ne veux pas. Pas encore. Et d'ailleurs...

Ulla écoute. Elle serre ma main avec le dé dedans. Et puis elle dit qu'elle est triste. Parce que le téléphone nous a dérangées. C'était Christian, son ami. Il voulait sortir avec elle, et elle ne peut pas, parce que je suis là, et d'ailleurs elle veut que je sois là. Mais Christian, ça ne lui plaît pas, il voudrait l'avoir à lui tout seul, et maintenant elle ne sait plus comment ça marche tout ça. Comment ça marchera.

Voilà ! Maintenant je comprends. Elle aurait dû me le dire tout de suite. Ma colère est passée. Ulla a l'air d'être toute recroquevillée dans son peignoir de bain. Elle me fait peine, parce que ce Christian est si idiot et qu'il la fâche. Il n'a pas le droit. Il est tout simplement jaloux parce que Ulla préfère être avec moi. Elle le lui a dit. Je trouve ça bien de sa part. Maintenant ça m'est égal qu'elle n'ait pas admiré ma tour et qu'elle ait gâché le jeu. Elle est triste parce que ce Christian de malheur est jaloux de moi.

Je m'approche d'elle et je lui dis qu'elle ne doit pas s'en faire puisqu'elle m'a.

— Justement, dit Ulla.

Elle a un rire un peu drôle, et puis de nouveau la voilà contente. D'un seul coup. Elle est comme ça, Ulla.

Elle range le jeu et je l'aide, ensuite nous faisons un bon chocolat. Ensemble. Un vrai, pas un où on jette seulement la poudre dans le lait. Nous mélangeons de la vraie poudre de cacao avec un petit peu de sucre (très peu à cause de moi), Ulla y rajoute une ou deux cuillers de lait et je remue jusqu'à ce que ça fasse une bouillie, nous la versons ensuite dans une casserole de lait bien chaud et nous tournons toutes les deux pour que ça n'attache pas.

Mais ça attache, parce que, pendant qu'on tourne, le téléphone sonne. Encore ! Je retiens vite Ulla par son peignoir. Elle ne doit pas aller au téléphone. C'est sûrement encore Christian et il ne fait que l'embêter. Je lui dis :

— N'y va pas !

Je m'accroche à elle, j'en oublie de tourner, Ulla

aussi, et le cacao déborde, ça grésille, ça sent terriblement le brûlé, et le téléphone sonne comme un fou.

Je retiens Ulla par un bout de son peignoir. Le cacao est fichu, mais ça m'est bien égal. L'essentiel, c'est qu'elle n'aille pas au téléphone. Ulla pousse un grand soupir en disant :

— La barbe !

Elle enlève la casserole du feu et jette tout le chocolat brûlé dans l'évier. Et elle ne va pas au téléphone.

Je ris au-dedans de moi-même. Il peut sonner maintenant tant qu'il veut ! Ulla me reste. Je déclare :

— Christian est un idiot !

Et le téléphone se tait.

— Oh là ! dit Ulla et elle me menace de sa casserole. Bon, maintenant ça suffit !

— C'est pourtant vrai, dis-je.

Et Ulla me menace encore avec le doigt en souriant...

Maintenant nous n'avons plus qu'à boire du chocolat instantané. Celui-là, je le fais toute seule. Je sais depuis longtemps. Rien ne brûle, même si le téléphone sonne. Nous nous installons à la table, Ulla me met une tasse, une tasse rouge gigantesque. C'est comme un bol.

— Elle est à toi maintenant, dit-elle, personne d'autre n'aura le droit d'y boire, seulement toi.

Elle me la remplit et je tiens la grande tasse rouge dans mes deux mains. Elle est à moi. A moi pour toujours. Elle sera toujours ici et m'attendra, elle attendra que je vienne le dimanche. Chaque dimanche je boirai dans ma tasse-bol rouge. Et personne d'autre. Ce casse-pied de Christian en tout cas, sûrement pas... Ce serait encore mieux si je pouvais y boire tous les jours... parce que j'habiterais ici et puis je protégerais Ulla de ce Christian... Je veux lui demander si je pourrais. Mais Ulla se lève et dit qu'il nous faut faire vite vite. Le dimanche est fini et je dois rentrer. Il est déjà tard, il faut nous presser. Alors je ne demande pas... Tant pis !

Nous nous habillons à toute vitesse. Pas le temps pour un boutonnage de manteau, un boutonnage à deux. Nous dévalons les marches quatre à quatre, nous filons à la station de métro, et nous reprenons à peine notre souffle que nous voilà déjà au foyer. C'est allé vite. Bien trop vite !

— Salut !

Ulla me pose un baiser sur la joue, un baiser très court, me fait signe, et déjà elle est partie. Je n'ai pas pu bien dire « Salut » et d'ailleurs... Mais dimanche prochain je la verrai, pas de problème. Je reste un moment devant la porte d'entrée et je suis des yeux Ulla. Mais on n'en voit déjà plus rien... En échange je vois Andréa. Elle sort du parc. Pourquoi sort-elle du parc ? Est-ce qu'elle m'a guettée ? Je repense brusquement que nous avons oublié le chemisier. Et le livre aussi, le livre promis. Complètement oubliés, je n'y ai plus du tout pensé. Je me demande si je dois filer et me cacher jusqu'au dîner. Au dîner Andréa ne pourra rien dire parce qu'on n'a pas le droit de se disputer.

Mais je ne bouge pas. De toute façon ça bardera. Si ce n'est pas maintenant, ce sera après le dîner. Mieux vaut qu'elle m'attaque maintenant, après j'en serai débarrassée.

Andréa me crie de loin :

— Où est mon chemisier ? Où est le livre ?

— Oubliés, dis-je. Je regrette, excuse-moi, s'il te plaît.

Cet excuse-moi-s'il-te-plaît m'est venu tout simplement. Vraiment direct.

Naturellement Andréa se déchaîne. Elle m'injurie et me crie des choses affreuses : « salope, menteuse et voleuse ». Je me laisse injurier. Elle a un peu raison. J'aurais dû y penser. Une promesse est une promesse.

Je laisse Andréa tempêter et je ne dis rien. Peut-être qu'elle n'a pas eu aujourd'hui un aussi beau dimanche que le mien. Elle n'a pas une grande tasse rouge qui lui appartient pour toujours, ça j'en suis sûre. Elle n'a pas inventé des histoires de nuages avec sa maman du dimanche. Et elle n'a pas pique-niqué dans une baignoire. Ses parents ne font sûrement pas des choses aussi extraordinaires. Mais ma maman du dimanche elle, oui !

Je ne réagis donc pas, je la laisse tout simplement crier et je vais au réfectoire.

Le gong n'a pas sonné, mais mieux vaut arriver trop tôt que trop tard. Et puis Andréa n'a pas le droit de hurler au réfectoire.

La table est mise, mais les enfants ne sont pas encore là. Il n'y a que Karli qui traîne par ici. Quand il me voit, il grimace un sourire et se met à baver. Je lui fais signe de venir s'asseoir à côté de moi. Le pauvre, il est resté seul au foyer pendant tout son dimanche. Il est pâle comme un navet et plutôt dégoûtant, surtout ses mains. Et avec des mains sales, c'est défendu d'aller à table, même pour Karli.

Je le prends par le bras et je vais avec lui au cabinet de toilette. Puisque personne ne lui lave les mains, je vais le faire. Et, puisque nous sommes là, je lui lave aussi la figure. Karli accepte avec enthousiasme. Ça lui plaît.

Le gong sonne, je prends Karli par la main et je retourne au réfectoire avec lui. Quand Andréa me voit rentrer comme ça avec Karli, elle ouvre de gros yeux bêtes et commence à ricaner.

Je m'en fiche. Ce Karli est encore petit et il faut bien s'en occuper. Si personne ne le fait, moi je le ferai.

Karli est rayonnant, il serre sa chaise tout contre la mienne. Je l'écarte un peu, il n'a pas besoin non plus de s'asseoir si près. Mais je lui coupe son pain en petits morceaux, parce que sans ça son fromage tombe toujours. Je crois que je suis très bonne aujourd'hui. C'est parce que mon dimanche a été si beau.

Ma bonté a tenu longtemps. Jusqu'au dimanche suivant. Chaque fois qu'il y a eu un embêtement, à l'école ou au foyer, j'ai pensé tout simplement à dimanche prochain. Et je ne me suis plus énervée. Ou juste un tout petit peu.

A Andréa j'ai bien expliqué une fois de plus l'histoire du chemisier oublié et du livre oublié, parce qu'à elle il faut tout répéter deux ou trois fois. J'ai dit que je n'avais pas oublié exprès pour l'embêter et que sûrement, sûrement, je rapporterais tout dimanche prochain.

J'ai dû lui promettre de lui rapporter en plus un autographe de Ulla. Je trouve cette idée bête. Ulla doit écrire sur un bout de papier « Ulla Fiedler », et ce papier, je dois le donner à Andréa.

Qu'est-ce qu'elle en fera ? Un bout de papier avec de l'écriture dessus ! Elle aura sans doute vite fait de le jeter. Mais Andréa dit que ce papier avec un autographe aura de la valeur puisque Ulla est écrivain. Oui, mais elle n'est pas vraiment célèbre, cette Ulla Fiedler, puisque personne ne la connaît, sauf moi bien sûr, mais Andréa pense que ça ira tout de même pour l'autographe.

Moi ça m'est égal qu'Ulla ne soit pas célèbre. Je ne veux pas du tout que tout le monde la connaisse. Moi seule, ça suffit ! Et puis je crois qu'il n'y a que les joueurs de foot ou les acteurs qui sont vraiment célèbres. Parce qu'on peut les voir à la télé. Ulla, on ne la montrera pas à la télé, j'en suis sûre. Pour moi elle n'a pas besoin d'être célèbre, pour moi elle doit être seulement ma maman du dimanche. Mon amie du dimanche.

Et maintenant elle va venir me chercher. Aujourd'hui c'est dimanche. Il pleut. J'ai mis mon ciré jaune à capuche et mes bottes en caoutchouc jaunes. Je les ai d'Andréa. Mais elle ne me les a pas prêtés, j'en ai hérité. Parce que tout ça lui est devenu trop petit.

Maintenant j'attends, comme d'habitude. Les autres enfants sont déjà partis, comme d'habitude. Il n'y a plus que moi. Mais ça ne fait rien, je sais qu'Ulla arrive en retard. Elle arrive toujours en retard, elle est comme ça.

Karli ne se montre pas aujourd'hui. Où est-il fourré ? Ce n'est pas tellement que je le surveille, Karli, mais aujourd'hui il pourrait bien venir me tenir un peu compagnie, pendant que j'attends. Il doit rôder dans la cuisine, près de sœur Lyda, c'est ce qu'il préfère. Sœur Lyda est toujours assez gentille avec Karli, elle ne le gronde pas beaucoup. Je trouve ça bien. Karli, il ne faut le gronder qu'avec beaucoup de précaution.

Et voici un ciré jaune qui arrive... Ulla ! Elle me voit et se met à rire. Moi aussi je ne peux pas m'empêcher de rire. Nous sommes pareilles, comme des jumelles. Cirés jaunes et bottes en caoutchouc jaunes. C'est drôle. Pendant que nous rions, voici

Karli à côté de nous, il rit aussi. Je ne l'ai pas entendu venir.

Il rit bien fort et tire sur mon ciré, puis il tire sur le ciré d'Ulla et soudain il prend sa main et la tient bien serrée. Je n'en crois pas mes yeux. Ulla ne l'écarte pas, elle garde la main de Karli et la balance, comme elle fait avec moi, et elle sourit à Karli, en lui disant :

— C'est bien toi Karli, je ne me trompe pas ?

Et Karli lui grimace un sourire et bave de bonheur.

Je suis pétrifiée d'épouvante. C'est mon Ulla à moi, on n'a pas le droit de la toucher comme ça !

Et maintenant Ulla fourrage dans les cheveux de Karli comme elle fait sur ma tête. Ça c'est trop ! Je prends Karli, je l'attrape solidement et je le repousse d'un bon coup. Direction cuisine.

Karli trébuche et ouvre de grands yeux, il a vraiment l'air idiot. Mais il a lâché la main d'Ulla. Il ne la touche plus, il a enfin compris !

Ulla me regarde, étonnée, je vois bien que ça ne lui plaît pas que j'aie poussé Karli. Mais enfin c'est pourtant vrai : ma maman du dimanche, on n'a pas le droit de la toucher !

Je sors vite, dans la rue. Là, il faudra bien qu'elle me suive, parce qu'elle doit aller avec moi et avec personne d'autre. Elle ne doit même pas avoir l'idée de regarder Karli. Elle finirait peut-être par le trouver pas si bête que ça. Elle finirait par le prendre lui aussi !

Je pars, il faudra bien qu'elle vienne.

Elle vient, sans Karli, et je lui crie :

— Qu'est-ce que nous faisons aujourd'hui ?

Il faudra bien qu'elle réponde, et comme ça elle ne

commencera pas à me parler de Karli... Et pourtant elle me parle de Karli. Je l'aurais juré !

— Qu'est-ce que tu as contre Karli ? demande-t-elle quand elle arrive près de moi.

Sa voix n'est pas fâchée, sa voix est étonnée. Comme si elle ne pouvait pas comprendre pourquoi je l'ai repoussé avec un bon coup !

— Je n'ai rien contre Karli, dis-je en regardant par terre. Il ne doit pas te toucher.

Bon, maintenant elle sait.

Ulla ne dit rien. Pendant longtemps. Je ne lève pas les yeux. Il faudra bien qu'elle dise quelque chose. Elle me grondera peut-être. J'avale ma salive et je lève les yeux... Ulla me sourit. Longuement. Gentiment. Je ne peux plus du tout continuer à la regarder... Puis elle redevient grave.

— Je n'aime pas les coups. Tu entends ?

Je fais oui de la tête. Très vite. Et en moi-même je fais un serment : « Je ne taperai plus sur Karli. Je ne taperai plus jamais sur lui quand Ulla sera là. » Ulla prend ma main et la serre bien fort. Je serre la sienne. Elle ne m'en veut pas...

— Aujourd'hui nous ferons quelque chose de tout à fait différent, dit-elle.

Elle enfonce sa capuche et me met aussi la mienne sur la tête.

— Il faut que je travaille, toute la journée, malheureusement.

Et elle me demande si je préfère retourner au foyer. Parce qu'elle ne pourra pas s'occuper de moi. Retourner au foyer ! En aucun cas ! Et elle n'a pas besoin de s'occuper de moi. Je l'aiderai à travailler. Comment ? A vrai dire je ne sais pas exactement. Ulla rit et dit que le mieux sera que je l'aide en me tenant bien tranquille, parce qu'il lui faut se concentrer, et elle me demande si je pourrai tenir tout un jour. Je pourrai. Bien sûr !

Je presse Ulla, il faut se dépêcher pour arriver vite à la maison, qu'elle puisse travailler et que je puisse lui prouver que je sais me tenir tranquille.

Ulla rit, elle me serre contre elle, elle me dit que je suis un amour de fille et qu'elle a bien de la chance de m'avoir. Je le pense aussi, parce que moi aussi j'ai de la chance de l'avoir.

A la maison, Ulla s'est assise tout de suite à la table de son atelier-cuisine, devant sa machine à écrire. Je lui ai taillé tous ses crayons, ça je sais.

Bon, elle doit travailler. Je passe dans la pièce blanche et je me tiens bien tranquille.

Ulla a souri, elle a déjà son regard de je-suis-ailleurs, elle s'est allumé une cigarette, a mis ses lunettes et j'ai fermé la porte de l'atelier-cuisine. Maintenant elle travaille. Elle écrit une histoire ou quelque chose comme ça.

En sortant j'ai juste eu le temps de prendre ma tasse-bol rouge. Parce qu'elle m'appartient.

Dans la chambre blanche, j'ai commencé par m'asseoir sur le matelas. La tour de livres que j'ai construite dimanche dernier est toujours là. Je pense tout à coup que je dois rapporter son livre à Andréa. Je pourrais le chercher. Je commence à défaire la tour de livres et je regarde chaque livre. Mais il y a toujours d'autres noms dessus. Je ne lis sur aucun « Ulla Fiedler », et ça il le faut, sans ça ce n'est pas son livre. Je ne le trouve pas, elle l'a sûrement enfoui quelque part, mais où ? Ce serait bien d'elle ! Ou alors elle s'est vantée et c'est pas vrai, elle n'a pas écrit le moindre livre. Faut dire qu'écrire un gros livre comme ça, du commencement à la fin, je ne pourrais même pas l'imaginer. Moi, je ne pourrais même pas le lire. Et lire, ça va plus vite qu'écrire.

Mais Ulla ne s'est sûrement pas vantée. Elle ne se vante pas. Ce n'est pas son genre.

Il faut que je le lui demande, tout simplement. Mais pas maintenant. Maintenant, je ne veux pas la déranger. Elle doit voir comme je me tiens bien tranquille. Aujourd'hui elle n'a pas besoin de s'occuper de moi du tout. Je lui demanderai après, quand elle aura une petite récréation.

Est-ce qu'elle aura une petite récréation ? A l'école, quand nous travaillons, nous avons toujours une récréation. Nous nous amusons dans la cour et nous mangeons notre casse-croûte.

Je pourrais préparer un casse-croûte pour Ulla, elle pourra s'amuser ici près de moi dans la chambre, ce sera sa cour de récréation.

Mais pour préparer un casse-croûte il faut que j'aille dans l'atelier-cuisine, et elle y est et puis je ne veux pas la déranger. Mais tant pis, j'y vais quand même, je ne ferai pas de bruit.

J'ouvre tout doucement la porte de l'atelier-cuisine. Ulla ne s'aperçoit de rien, elle tape sur sa machine à écrire. Ça va drôlement vite. Et elle a de nouveau son regard de je-suis-ailleurs, malgré les lunettes. Je me rappelle tout à coup qu'elle ne les avait pas, ses lunettes, dimanche dernier. On pouvait très bien voir ses yeux de Jeannot Lapin. Des fois elle porte des lunettes, des fois pas. Qu'elle les porte pour travailler, je comprends bien. Dans la classe il y en a plusieurs qui doivent porter des lunettes quand nous faisons une dictée. Ulla écrit aussi une espèce de dictée. Ou alors une rédaction, ou quelque chose comme ça.

Je me glisse derrière elle et j'ouvre le réfrigérateur. Elle se retourne.

— As-tu faim ? demande-t-elle.

Je réponds non de la tête. D'ailleurs je ne fais que préparer un casse-croûte, qui sera pour elle ! Elle ne pose pas d'autre question, elle se rallume une cigarette et se remet à taper sur sa machine. Je prends très doucement de la margarine et du pâté dans le réfrigérateur, le pain est sur le rayon, je l'ai vu, et je fais de bons sandwiches. Avec du pâté. Comme dimanche dernier au pique-nique. Cette fois, c'est moi qui les fais. Les tranches de pain sont de travers, je ne les ai pas si bien coupées, ça ne fait rien. Ce sera bon quand même. Et je fais aussi deux sandwiches pour moi. Parce que, quand elle aura faim, j'aurai sûrement faim aussi.

Je prends les sandwiches et je sors à pas de loup. Je referme la porte sans bruit.

Me revoilà dans la chambre blanche. J'attends. J'attends qu'Ulla prenne une récréation. Je sais très bien attendre.

Je m'assieds sur le matelas et je regarde par la fenêtre. Je pourrais inventer une histoire de nuages. Comme la dernière fois. Mais dehors il n'y a pas de nuages, aujourd'hui, rien que de la pluie. Il faudrait que j'invente une histoire de pluie. Mais forcément je ne sais pas aussi bien, je ne me suis pas encore exercée avec les histoires de pluie. Et Ulla ne s'y est pas encore exercée avec moi... Ce serait bien maintenant si elle était là, je me blottirais contre elle, et nous pourrions inventer ensemble une histoire de pluie. Elle n'aurait qu'à commencer, elle sait si bien commencer.

Elle dirait :

— Tu vois la grosse goutte de pluie, là ? Elle tremble sur la vitre et puis elle éclate.

Et moi je dirais :

— C'est une maman-goutte de pluie, elle a éclaté et il est resté beaucoup d'enfants-gouttes de pluie. Ils vont venir dans un foyer, puisque leur maman a éclaté, un foyer pour gouttes de pluie.

— Peut-être qu'ils vont être tristes, là, sans maman, dirait Ulla.

Je dirais :

— Oh non ! ils s'y habitueront et joueront avec les autres enfants-gouttes de pluie. Et puis viendra une grosse goutte de pluie, tu vois, comme celle-là qui tombe sur le rebord de la fenêtre. Elle va rouler jusqu'au foyer, et elle se cherche un enfant-goutte de pluie et l'emmène. C'est toi, cette grosse goutte de pluie !

Ulla dirait :

— Et les autres enfants-gouttes de pluie, qui doivent rester au foyer, qu'est-ce qu'ils vont devenir ?

Je dirais :

— On n'y peut rien. Ils n'ont qu'à jouer.

— Je pourrais prendre en plus un autre enfant-goutte de pluie, dirait Ulla. Celui-là, qui est minuscule, c'est un petit éclaboussis de rien du tout, ce n'est pas une vraie goutte de pluie !

Alors je dirais :

— Non, je ne veux pas. Qu'il reste là où il est, cet éclaboussis ! Qu'il reste au foyer ! Je préfère être seule avec toi.

— Mais c'est très injuste, dirait Ulla. Il y a bien

encore place ici pour un petit éclaboussis de pluie, tu ne crois pas ?

— Non, je ne crois pas, répondrais-je. Non !

Et alors Ulla ne dirait plus rien. Alors l'histoire des gouttes de pluie est finie.

Peut-être que je dirais :

— Pour l'éclaboussis, on verra...

Et puis je dirais :

— Mais pas maintenant, pas encore !

Si Ulla ne dit toujours rien, alors je dirais :

— Enfin, je veux bien. Mais seulement le dimanche. Sans ça ce n'est pas juste.

Ça, Ulla doit le comprendre.

Alors elle dirait...

Le téléphone sonne. Comme il sonne fort ! On n'a pas le droit de déranger Ulla. C'est sûrement Christian, ce dérangeur. Qu'est-ce que je fais ? Ulla ne doit pas aller parler au téléphone avec Christian. En aucun cas.

Il vaut mieux que j'y aille. Mais vite. Je cours dans l'entrée et je décroche l'appareil. Il faut que cette sonnerie s'arrête. Elle s'arrête. Mais maintenant il faut que je dise quelque chose, on ne peut pas garder l'appareil à la main et ne rien dire. Je prends une grande respiration et je dis très vite et très fort dans le téléphone :

— Il ne faut pas déranger Ulla. Ulla travaille.

Et je raccroche.

— Qu'est-ce que c'était ? crie Ulla de la cuisine. Je n'ai pas entendu le téléphone ?

Je réponds en vitesse :

— Non.

Et je rougis. Il vaut mieux qu'Ulla ne me voie pas. J'ai menti, mais il le fallait bien !

Ulla ne dit plus rien, je retourne dans la pièce blanche. Mes jambes tremblent... Parce que j'ai menti ? Mais j'ai seulement voulu protéger Ulla, pour qu'elle travaille sans être dérangée. Ce téléphone, ça l'aurait dérangée. Alors j'ai réglé la chose à sa place.

Mais je ne me sens pas bien à l'aise. Je crois que ce coup de téléphone a été vraiment très court... Enfin ça ne fait rien. L'essentiel c'est qu'on soit tranquille maintenant. J'entends le bruit de la machine à écrire d'Ulla et j'attends. Mais maintenant j'attends depuis très, très, très longtemps...

Ça sonne de nouveau, mais ça sonne autrement. Pas comme le téléphone. Ça sonne à la porte, et puis il y a un bruit. Quelqu'un ouvre la porte. Un cambrioleur ? Mais un cambrioleur ne commence pas par sonner, il s'introduit tout doucement. Est-ce que j'appelle Ulla ? Est-ce que j'y vais ?

Mais j'entends déjà Ulla. Elle fait :

— Christian !

Christian ? C'est donc lui, le cambrioleur ? Comment ose-t-il venir comme ça et ouvrir tout simplement la porte de chez nous ? Il n'a pas le droit de venir. Je sors, Ulla est là et devant elle un homme très grand, gigantesque même, il se penche et embrasse Ulla sur la joue, j'ai bien vu qu'il l'embrassait. C'est mon Ulla à moi qu'il embrasse ! Mais ça lui plaît, à Ulla, elle n'a pas du tout l'air d'être fâchée ou tellement dérangée. Elle l'embrasse, elle aussi. Sur son anorak. Parce qu'elle n'arrive pas jusqu'à sa figure. C'est vraiment un géant, ce Christian dérangeur, et puis il a une barbe sur les joues et des lunettes comme celles d'Ulla, rondes et moches.

Il faut qu'il s'en aille tout de suite, il nous dérange

et puis... moi, Ulla ne m'a jamais embrassée sur mon anorak comme ça.

— J'ai téléphoné de la cabine en face, dit Christian, mais tu as là un bon garde du palais. Il rit. Et je voulais un peu faire sa connaissance.

Je savais bien que c'était Christian, tout à l'heure au téléphone. Et ça n'a servi à rien de lui répondre comme je l'ai fait. Il vient tout de même nous déranger.

Il veut faire ma connaissance ? Bon. Je veux bien, mais ensuite il faudra qu'il parte.

J'avale ma salive, je me rapproche d'Ulla, je me mets à côté d'elle et je dis très vite :

— Ulla doit travailler, il ne faut pas la déranger.

Et je regarde Christian bien en face. Pour qu'il comprenne ! C'est mon dimanche et c'est mon Ulla !

— J'ai déjà entendu ça, dit Christian.

Il enlève son anorak plein de pluie et mouille complètement notre entrée. Puis il prend tout simplement ma main, la secoue et dit :

— Salut ! C'est donc toi, le garde du palais ?

— Oui, c'est elle, dit Ulla.

Elle m'entoure de son bras et me serre contre elle.

— Et tu déranges vraiment.

Mais elle dit ça d'une telle façon qu'on ne la croie pas. Moi je ne la crois pas. Et Christian non plus.

— Va-t'en travailler, dit-il.

Il la pousse carrément dans la cuisine.

— Nous nous débrouillerons très bien tout seuls.

En deux enjambées il entre dans la chambre blanche et il se laisse tomber sur le matelas.

— Viens un peu, me dit-il, je ne dérangerai pas Ulla comme ça.

Elle, elle est retournée à son atelier-cuisine, elle a fermé la porte, et j'entends de nouveau le bruit de sa machine à écrire.

Je m'approche de Christian et je m'assieds à côté de lui. Mais pas trop près. Il étire ses longues jambes sur notre matelas, mais au moins il a enlevé ses souliers. Il porte deux chaussettes différentes, une à rayures bleues et une rouge, c'est plutôt bizarre. Il ne sait pas qu'on doit toujours mettre deux chaussettes pareilles ?

Christian me fait un sourire, mais moi je ne souris pas. Pourtant son sourire est plutôt gentil ; quand il sourit, les coins de sa bouche disparaissent dans sa barbe.

Et puis il commence à me poser des questions. Comment est-ce au foyer et comment est-ce à l'école et puis est-ce que j'ai des copains et puis... et puis... et puis...

Je réponds. On doit répondre, c'est la politesse, et quand il saura tout sur moi et qu'il aura bien fait connaissance, il partira.

C'est ce que je croyais ! Mais il ne part pas du tout, il reste. Il s'est bien installé sur le matelas et il parle maintenant de lui. Il raconte qu'il est « enseignant », ça veut dire maître d'école ou prof ou quelque chose comme ça, et il dit où il habite et qu'il aime les enfants, mais pas tous, et il parle d'Ulla. Du travail d'Ulla, et comment elle fait pour écrire un livre et comment ça marche en général les livres, et il parle de la maison d'édition, c'est là qu'on imprime les livres, et il me dit exactement comment on fait, et il me parle comme à une adulte.

Les grandes personnes ne parlent jamais comme ça avec moi, il n'y a qu'Ulla. Mais Ulla, c'est pas pareil, elle est un peu comme moi. Et puis il me dit que si j'ai envie, il me montrera une de ces maisons d'édition, où on fait les livres. J'ai demandé très vite si ces maisons d'édition, elles sont ouvertes le dimanche. Parce qu'on ne peut me faire sortir que le dimanche. Le dimanche c'est fermé, dit Christian, ils n'ouvrent qu'en semaine, mais il viendra me chercher en semaine un jour, si je suis d'accord. Avec le foyer, il pense qu'il arrangera ça. Je ne sais pas encore si je suis d'accord. Mais c'est toujours agréable quand on vient vous prendre au foyer, même si c'est Christian.

Il est assez gentil, ce Christian, peut-être même que c'est un maître assez gentil, s'il est avec sa classe comme avec moi... et puis il dit des choses bien d'Ulla et de moi. Il dit qu'il est fier d'Ulla parce qu'elle écrit des histoires pour enfants si jolies, et il dit que c'est difficile pour elle parce qu'elle gagne très peu d'argent et qu'elle n'est pas encore célèbre, et puis il dit qu'elle a changé depuis qu'elle m'a, qu'elle s'est vraiment « épanouie », et il est un peu jaloux parce qu'avec lui elle ne s'est pas autant « épanouie ».

Je vois qu'il aime vraiment bien Ulla, et il est triste parce qu'il faut qu'il la partage. Je comprends ça. Moi, je n'aime pas beaucoup partager. Surtout partager Ulla. Mais moi, je n'ai Ulla que le dimanche, lui il peut l'avoir toute la semaine, ça fait bien plus de jours qu'un seul dimanche par semaine.

Alors Christian me regarde, à travers ses lunettes rondes et moches, et il dit :

— Mais je crois que ça va changer. Telle que je connais Ulla...

Il s'arrête, tend la main, attrape sur le matelas le casse-croûte et mord dedans. C'est le casse-croûte d'Ulla, pour la récréation d'Ulla. Il le dévore ! Tout entier ! Et entre deux bouchées il dit :

— Pour Ulla les dimanches avec toi sont toujours trop courts.

Je n'écoute pas bien, je regarde les sandwiches d'Ulla disparaître dans sa bouche. Des miettes restent accrochées à sa barbe.

Et voilà soudain Ulla qui ouvre la porte. Elle se frotte les yeux derrière ses lunettes et demande :

— Qu'est-ce que vous faites donc, tous les deux ?
— Il a mangé tout ton casse-croûte, dis-je.
Et je montre Christian. Je ne peux pas m'empêcher de rire, il fait une tête comme si on l'avait terriblement grondé.
Ulla arrête de se frotter les yeux, elle saute tout contre moi, me prend dans ses bras et demande :
— Tu l'avais préparé pour moi ?
Je fais oui de la tête.
— Donne ! crie Ulla à Christian. Ce sont mes sandwiches !
Et elle pique le petit bout que Christian tient encore dans sa main.
— Mais tu es bien gâtée, toi. Je voudrais être aussi gâté, moi, crie-t-il.
Et il lui arrache le petit bout. Alors ils se chamaillent comme deux enfants. De vrais gosses. Ils se font des chatouilles, ils criaillent et piaillent, et moi je suis là et je ne peux pas m'empêcher d'en rire. C'est pire que dans notre cour de récréation, à l'école. Et tout à coup je suis en plein dans la mêlée. C'est pas croyable ! Et pas le temps de réfléchir, il faut que je me défende parce que tous les deux me chatouillent comme des brutes. Mais je ne me bats pas vraiment, je ne veux pas faire mal.
— Assez ! dit Ulla pour finir.
Elle a l'air d'un oiseau tout déplumé.
— Assez ! fait aussi Christian.
Il n'a pas bon air, lui non plus, surtout sa barbe.
— Comme punition, allons manger des gâteaux, dit-il en se peignant la barbe du bout des doigts, c'est moi qui paie.
— Nous l'espérons bien, dit Ulla.
Elle me demande :

— Ça te fait envie ?

Naturellement ça me fait envie. Pour manger de gâteaux, j'ai toujours envie.

— Mais ton travail ?

Je me fais du souci parce qu'il faut qu'elle travaille.

— J'ai fini, dit Ulla.

Elle va à la cuisine et en rapporte une grande enveloppe brune.

— Voilà : elle est timbrée, fermée, tu la mettras toi-même à la boîte, ça me portera chance.

Je prends l'enveloppe et je la tiens bien serrée. Je ne dois surtout pas la perdre. Il y a dedans le travail d'Ulla. Quel genre de travail ? Une histoire, à ce qu'elle a dit, une histoire pour enfants. Il faudra qu'elle me la raconte. Je n'aime pas lire. Raconter, ça va plus vite.

Nous nous habillons et je me souviens juste à temps du chemisier d'Andréa, du livre pour Andréa et de l'autographe. Cette fois, je ne vais pas oublier. Ulla dit qu'elle a déjà tout préparé. Son livre, elle m'en fait cadeau de toute façon, elle en rajoute un pour Andréa et puis elle écrit vite un autographe. Je la regarde. Elle écrit son nom sur un morceau de papier : « Ulla Fiedler ». Ça fait très bien, je trouve. Peut-être que je garderai le papier pour moi.

Et puis nous filons, tous les trois. Christian a une voiture, nous irons avec, dans un café-salon de thé. Mais où donc ? J'en connais un, moi. Près du foyer, au coin, il y en a un. Je n'y ai jamais été. Seuls les grands de chez nous y vont quelquefois après l'école, et puis le dimanche ils s'y réunissent aussi. Nous, les petits, nous n'avons pas la permission. Mais aujourd'hui j'ai la permission. Parce que je suis avec Ulla et aussi avec Christian.

La voiture de Christian n'est pas terrible, elle est plutôt vieille et elle bringuebale en roulant, on ne peut même pas se parler.

Devant le café, il y a une boîte aux lettres, j'y jette la grosse enveloppe brune. Christian et Ulla me regardent faire, Christian me tient le petit couvercle et Ulla crache trois fois de suite pour se porter chance encore plus.

Et puis nous entrons dans le café. J'espère que dans la salle il y aura des grands du foyer. Pour qu'ils me voient et qu'ils voient ma maman du dimanche et Christian. Lui, finalement, il ne me dérange plus, il va bien avec nous. A côté de lui nous sommes des naines, des naines jumelles. C'est drôle.

Oui, il y en a quelques-uns du foyer, à l'intérieur. Quand ils me voient, ils ouvrent de grands yeux, et puis ils me font des grimaces. Je leur tire la langue. Et vlan !

Nous commandons du chocolat, et ce chocolat me fait penser que je ne me suis pas servie aujourd'hui de ma tasse-bol. Ma tasse à moi, ma tasse pour toujours. Tant pis ! Ce sera pour la prochaine fois. Elle ne s'envolera pas. Et Christian n'y boira pas, je pense. Je pourrais lui demander qu'il me le promette. Le gâteau, c'est moi qui le choisis, j'ai le droit, Ulla me l'a dit. Je prends du gâteau aux noix. Et il se trouve que c'est aussi le gâteau préféré d'Ulla. Nous ne demandons pas à Christian ce qu'il veut. C'est son affaire.

Nous mangeons et je suis assise tout contre Ulla, elle me sourit, elle bavarde avec Christian de son travail et lui, il raconte son école ; moi je jette un coup d'œil vers les grands du foyer : est-ce qu'ils me voient bien, assise ici avec Ulla et Christian ? Le sac en plastique avec le chemisier d'Andréa, les deux livres et l'autographe, je l'ai coincé entre mes jambes. Pour ne surtout pas l'oublier.

Nous restons là longtemps, Christian commande encore des gâteaux, encore du gâteau aux noix. Je pourrais rester là éternellement à manger des gâteaux, serrée contre Ulla.

Mais elle regarde sa montre, le dimanche est fini. Je dois rentrer au foyer. Puisque j'y habite, malheureusement. Et on doit rentrer là où on habite. Nous nous séparons et Ulla me fait un gros baiser sur la joue. Christian ne me fait pas de baiser, heureusement, avec sa barbe ça gratterait. Il me tend la main, s'incline pour me saluer et dit qu'il me remercie de cet après-midi charmant et espère avoir bientôt l'honneur...

Il est marrant, ce Christian. Est-ce qu'il est comme ça dans sa classe ? Ils ont de la veine dans sa classe.

Ulla et Christian remontent dans la voiture bringuebalante et ils partent. Ulla fait encore longtemps des signes à la portière... La voilà partie, les voilà partis, tous les deux.

En rentrant au foyer, je suis naturellement tout de suite tombée sur Andréa. C'est toujours sur elle que je tombe en premier. Mais cette fois j'ai bonne conscience. Je lui ai mis le sac en plastique dans les mains et elle a tout déballé. Curieuse comme elle est !

Le chemisier, elle l'a serré sous son bras ; le papier, elle l'a glissé dans la poche de son pantalon sans le regarder tellement, mais les livres, elle a tout de suite commencé à les feuilleter, et elle avait les yeux tout brillants. Au fait j'y pense ! Il y a un des deux livres à moi. C'est Ulla qui me l'a donné. Que je le lise ou pas, il est à moi. Andréa s'en est aperçue d'elle-même, autrement j'aurais dû encore me disputer avec elle. Elle m'a tendu mon livre avec un sourire bête, elle me l'a ouvert, et sur la page ouverte il y avait écrit : « Pour mon enfant du dimanche, en toute tendresse, Ulla. » C'est pour moi qu'elle a écrit ça, Andréa n'a pas à le voir. Je lui ai arraché le livre des mains et j'ai un peu rougi parce que Andréa l'avait sûrement lu.

Dans son livre à elle, il y a seulement : « Pour Andréa, de la part d'Ulla Fiedler. » Ce n'est pas aussi bien que pour moi, mais enfin quand même. Je pense qu'Andréa en est contente. Elle ne fait pas de ses remarques bêtes, elle s'assied dans le hall et commence à lire. Elle peut lire pendant des heures.

Moi je monte dans notre chambre retrouver mon Jeannot Lapin. Je lui lis ce que m'a écrit Ulla. Pour qu'il soit content lui aussi, comme moi. « Pour mon enfant du dimanche, en toute tendresse, Ulla. » Et je décide qu'un jour, je ne sais pas encore quand, je lirai le livre en entier, de la première à la dernière page. Parce que ça fera plaisir à Ulla.

Cette semaine, je n'y tenais plus. Faut dire qu'elle n'avançait pas ; le jeudi, j'avais l'impression que c'était encore lundi et qu'il restait une éternité jusqu'au dimanche.

Je ne pouvais pas m'empêcher d'y penser, à ce dimanche. Qu'est-ce que nous ferons ? Christian viendra-t-il nous voir ? Moi je veux bien, à condition qu'il ne reste pas trop... J'ai un peu espéré qu'il me prendrait pour me montrer sa maison d'édition, puisqu'il l'avait dit. Mais il n'est pas venu.

Le lundi, j'ai eu une idée super : je vais préparer un gâteau pour Ulla, ça lui fera une surprise. Un gâteau aux noix, comme celui que nous avons mangé au café. Encore meilleur même.

Nous avons souvent ici des gâteaux aux noix, quand c'est l'anniversaire de quelqu'un, et ils sont bien mieux et bien plus beaux que ceux du café. Parce que, dessus, on met des perles, des perles d'amour. On en met six ou neuf ou onze... suivant l'âge qu'on va avoir.

J'ai pensé que j'écrirai Ulla avec des perles, ça fera bien.

J'ai demandé à sœur Lyda si je pouvais faire un gâteau comme surprise pour Ulla. Elle a d'abord réfléchi, et puis elle a dit que je pouvais. Exceptionnellement. Elle comprend que je veuille faire une surprise à ma maman du dimanche parce qu'elle est toute nouvelle pour moi, ma maman du dimanche.

Mais ce qui fera le plus de plaisir à ma maman du dimanche, elle m'a dit, c'est une enfant gentille. Mais ça, gentille, je le suis. Elle n'a qu'à demander à Ulla.

Je n'ai pas la permission de faire un gâteau aux noix, c'est trop cher. Je ferai un gâteau roulé, c'est bon aussi. Après tout, l'important c'est que j'aie le droit de faire un gâteau.

J'ai voulu me mettre tout de suite à la pâtisserie, mais sœur Lyda a dit qu'il faut attendre samedi. Parce que, comme ça, le gâteau sera frais. Un gâteau du lundi est vieux comme tout et dur comme de la pierre le dimanche, et il ne vaut plus rien. J'ai dû le reconnaître, forcément. J'ai donc attendu jusqu'à samedi, mais le temps a passé avec une lenteur terrible. Je n'ai pas lu un mot du livre d'Ulla. Seulement ce qu'elle avait écrit dedans pour moi. Ça, je l'ai regardé tous les jours et je l'ai lu chaque soir à mon Jeannot Lapin. Il le sait par cœur maintenant, et moi aussi. Le livre est sous mon oreiller et je dors maintenant dessus.

Pour que le temps passe plus vite, j'ai joué assez souvent cette semaine avec Karli.

Karli adore les jeux bêtes, les jeux de bébé. Par exemple « Mon père, en coupant du bois, va couper un de tes doigts ! » Il faut poser tous ses doigts sur la table, bien écartés, et il y en a un qui dit la phrase « Mon père... ». A chaque syllabe il touche un doigt et, quand arrive le mot « doigt », on doit plier le doigt. Parce qu'il est coupé, ce doigt. Pas en vrai, mais seulement pour jouer. Et ça continue avec les doigts suivants entiers, jusqu'à ce que tous les doigts soient coupés. Celui qui garde le dernier doigt entier a gagné. Karli est toujours fou de joie quand on lui coupe un doigt. Il ne comprend pas qu'il vaut mieux garder ses doigts entiers.

J'ai fait avec lui des constructions en Lego. Et, là, il sait encore moins bien. Moi je sais. Je sais même fabriquer une auto avec remorque et une pelle mécanique. Karli trouve ça super. Si je me laissais faire, il faudrait tout le temps lui construire des pelles mécaniques.

Mais je n'ai pas le temps, bien sûr. Je lui ai dit que je lui en ferais une chaque jour, mais une seule. En échange, il ne viendra pas dans le hall dimanche prochain toucher Ulla. Parce que c'est mon Ulla. Je n'y peux rien s'il n'a pas d'Ulla à lui.

Je l'ai fait jurer. Il a juré, en bavant et en faisant une grimace, mais je ne crois pas qu'il ait compris. Enfin ça ne fait rien, ce qui est juré est juré. Et puis, en plus, je lui ai permis de m'aider à faire le gâteau roulé.

Andréa se demandait pourquoi j'étais si souvent fourrée avec Karli. Elle a encore marmonné qu'on était deux amoureux, mais pas fort. Elle ne m'embête plus tellement, parce que j'ai été gentille avec elle. Je lui ai apporté le livre et l'autographe. Depuis, elle me laisse tranquille, et elle a même accepté une fois de changer de lit avec moi. Mais, malgré tout, ça a été dur d'attendre dimanche.

Des fois, les jours filent comme rien. Je me lève, c'est déjà le soir, et je suis au lit.

Et puis il y a des jours qui n'en finissent pas de traîner, comme Karli quand il va se laver. Ça dure une éternité. Toute la semaine a été comme ça. Une semaine à la traîne.

Le samedi, ça a été un peu mieux, j'avais la permission de faire le gâteau. Avec sœur Lyda et Karli. Karli était un peu gênant. Mais je lui avais promis qu'il aurait le droit de m'aider.

Il a voulu étaler la confiture, mais il y trempait son doigt et le suçait ! Je lui ai donné une cuiller de confiture rien qu'à lui, pour qu'il ne touche plus au gâteau. Et puis je lui ai encore construit en vitesse une pelle mécanique. Pour qu'il ne vienne pas dimanche toucher Ulla. Et enfin le dimanche est arrivé.

Je suis assise dans le hall et j'attends. Comme d'habitude. Le gâteau roulé, je l'ai sur mes genoux. Sœur Lyda l'a empaqueté dans du papier d'aluminium. Ça fait très bien. Je tiens le gâteau pour qu'il ne tombe pas, et j'attends. J'attends Ulla et puis j'attends ce dimanche. Quand je repense à ce qu'étaient les dimanches avant !... C'était vraiment la barbe ! Il n'y avait rien, ils étaient vides et longs, les dimanches, et j'étais pressée de les voir finir. Maintenant un dimanche, pour moi, c'est plein et tout rond. C'est bourré de choses. Comme un manteau aux poches bourrées. Dans chaque poche, quelque chose. Quelque chose de gai ou d'agréable ou bien une surprise. Mon dimanche a beaucoup de poches. Avec des choses dedans. J'expliquerai ça une fois à Karli. Pas à Andréa, parce qu'elle est moqueuse et qu'elle en rirait sûrement.

Karli n'est pas dans le hall. Il a obéi, c'est bien. Malheureusement Ulla n'est pas non plus dans le hall. Elle va encore être en retard. Quelle étourdie !

Mais, aujourd'hui, j'ai une surprise pour elle. Elle va être drôlement étonnée. Je bondirai vers elle, je lui sauterai au cou, maintenant j'ose, et puis je lui donnerai le gâteau. Elle sera contente. Ensuite nous le porterons ensemble à la maison et nous le mangerons sur le matelas à poils et je boirai du chocolat dans ma tasse-bol rouge. De l'instantané, c'est plus sûr, le véritable chocolat ça rate toujours avec nous. Et, si Christian arrive, on lui donnera aussi un morceau du gâteau, mais je le gronderai d'abord un petit peu parce qu'il n'est pas venu me prendre pour aller dans la maison d'édition. La maison d'édition, je n'y tiens pas tellement, mais j'aimerais bien qu'on vienne me prendre dans la semaine.

Il est déjà neuf heures et demie. Ulla n'est toujours pas là. Elle n'est jamais arrivée si tard. En retard souvent, mais pas si en retard. Mais elle va venir, c'est sûr !

Voilà sœur Lyda qui descend l'escalier. Je soulève le gâteau, bien haut, et je lui souris. Nous l'avons fait ensemble, ce gâteau. Mais sœur Lyda ne me sourit pas, elle. Elle s'arrête comme bloquée et dit :

— Mon Dieu !

Elle dit ça comme si elle était vraiment effrayée. Alors j'ai compris qu'elle ne pensait pas au gâteau roulé, qu'elle pensait à autre chose. A quelque chose de grave...

Sœur Lyda s'est assise à côté de moi, en disant :

— Ecoute, ça me fait de la peine pour toi, mais Mme Fiedler ne vient pas parce que...

Alors je me suis bouché les oreilles, et le gâteau roulé est tombé par terre. « Mme Fiedler ne vient pas. » Ulla ne vient pas ! Elle ne vient pas me prendre !

Sœur Lyda a retiré mes mains de sur mes oreilles en disant :

— Laisse-moi donc t'expliquer...

Mais je me suis dégagée, je ne veux rien entendre, je suis remontée en courant dans la chambre. Sœur Lyda m'a couru après, mais je lui ai claqué la porte au nez. Bien fort. Je ne veux rien entendre, je ne veux pas la voir. Puisque Ulla ne vient pas, je ne veux voir personne.

Sœur Lyda n'est pas entrée dans la chambre. Je me suis jetée sur mon lit et j'ai pris mon Jeannot Lapin. Ulla ne vient pas. Elle ne vient pas de tout le dimanche. Elle me laisse seule ici. Mais pourquoi ?

Est-ce qu'elle ne me veut plus ? Je lui ai pourtant fait un gâteau roulé... D'ici à dimanche prochain il sera dur... Et qui sait si elle viendra me prendre dimanche prochain, qui sait si elle viendra me prendre en général ? D'ailleurs si elle ne vient pas aujourd'hui, ce n'est pas la peine qu'elle revienne en général. Maintenant je sais, je sais même tout. Elle ne me veut plus. Elle s'est aperçue qu'elle aimait mieux Christian que moi. Elle aime mieux être seule avec lui.

C'est la faute de Christian, je l'ai deviné tout de suite.

Salaud de Christian ! Je jette mon Jeannot Lapin sur le lit et je crie :

— Salaud de Christian !

Je tire fort sur l'oreille de Jeannot Lapin. Il n'y peut rien, lui. C'est Christian, c'est la faute de Christian. C'est la faute d'Ulla puisqu'elle ne vient pas me prendre. Je veux aller chez Ulla. Maintenant. Tout de suite. Il faut qu'elle vienne me prendre. Maintenant ! Tout de suite ! Je ne vais quand même pas rester tout ce dimanche au foyer. Je ne veux pas rester !

Je lance par terre mon Jeannot Lapin, de toutes mes forces, et je crie à tue-tête :

— Ullaaaa !

Tout à coup sœur Lyda est dans la chambre. D'où sort-elle ? Elle a dû écouter à la porte. Elle dit :

— Tu ne dois pas te conduire comme ça. A t'entendre, on croirait qu'ici, au foyer, c'est l'enfer !

Je me conduis comme je veux me conduire ! Et d'ailleurs au foyer c'est l'enfer. Pour de vrai !

Sœur Lyda s'assied à côté de moi et essaie de me prendre dans ses bras. Il ne manquait plus que ça. Je ne vais pas me laisser prendre dans les bras par sœur Lyda, pour ça il n'y a qu'Ulla... Je donne des coups de poing à sœur Lyda. Ça ne me fait rien du tout de lui donner des coups de poing. Et je lui crie :

— Va t'en ! Va-t'en !

Puisqu'elle ne s'en va pas, je lui lance encore un bon coup de poing, en plein dans le ventre. Pour que ça lui fasse vraiment mal. Sœur Lyda devient toute pâle et se presse le ventre, mais elle ne dit rien, elle se lève. Là, debout devant moi, elle me semble gigantesque, c'est tout le contraire d'Ulla, et je voudrais faire qu'elle éclate en mille morceaux. Que tout le foyer éclate en mille morceaux... Je crie de toutes mes forces :

— Va-t'en !

Elle s'en va, elle laisse la porte ouverte. Je m'en fiche, je crie de toutes mes forces...

La revoilà encore, sœur Lyda, debout dans la chambre. Mais non, ce n'est pas sœur Lyda, c'est sœur Franciska. Je m'en fiche. Je crie de toutes mes forces...

Il faut que je crie, sinon je vais éclater. Je crie longtemps... Soudain sœur Franciska dit :

— Bon, maintenant ça suffit.

Elle me prend par le bras, me tire du lit et me donne deux claques sur les joues, une à droite, une à gauche. Pas fort. Mais jamais encore elle n'a donné de claque. De surprise, je ferme la bouche.

— Bon, dit sœur Franciska.

Elle me lâche. Je me laisse tomber par terre. Comme un sac mouillé. Et je reste là, assise par terre.

Mes jambes sont tout à coup si fatiguées. Ma tête est fatiguée. Je suis là, par terre devant sœur Franciska, et je ne me sens pas bien. Qu'elle s'en aille ! Je voudrais prendre contre moi mon Jeannot Lapin, m'enfouir dans mon lit et ne plus jamais, jamais, me relever.

— Est-ce qu'on peut enfin te parler ? demande sœur Franciska.

Si elle me dit de venir encore dans son bureau boire son chocolat, je recommencerai à crier. Jusqu'à en devenir sourde et muette. Mais elle ne parle pas de chocolat. Elle s'assied sur mon lit et répète :

— Je voudrais te parler.

Qu'elle parle ! De toute façon je n'écoute pas. Je n'écouterai plus jamais personne. On ne me raconte que des mensonges. Je ne bouge pas, je reste par terre, j'espère qu'elle va parler et puis s'en aller.

Alors elle commence à parler. Calmement, mais d'une voix plutôt forte. Je voudrais me cacher sous le lit. Mais je ne peux pas. Ses grosses jambes m'empêchent de passer. Comment peut-on avoir de si grosses jambes ? Celles d'Ulla sont bien plus minces. Presque comme les miennes. Et maintenant je ne reverrai plus jamais les jambes minces d'Ulla. Je le sais.

J'ai envie de mordre les jambes de sœur Franciska. J'ai envie de me mordre moi-même.

Mon Jeannot Lapin doit être fichu, c'est sûr. Mon Jeannot Lapin ! Mon seul ami. Mon conseiller. Il est là, devant la fenêtre. Il a une oreille à moitié arrachée. Et c'est moi qui ai fait ça ! Tout à coup ma figure est mouillée, ça coule de mes yeux et de mon nez. Et je laisse couler.

Sœur Franciska parle. Me parle, parle de moi.

— Nous avons l'impression, dit-elle, que ton contact avec Mme Fiedler est très étroit.

Contact ! On dirait qu'elle parle d'une prise de courant. Nous nous aimons, voilà ! Je l'aime ! Elle, elle ne m'aime pas. Sans ça elle ne me laisserait pas ici toute seule. Si j'étais elle, je ne me laisserais pas ici toute seule.

Sœur Franciska parle toujours, elle ne s'aperçoit pas que je pleure.

— Nous trouvons ça très bien, dit-elle.

Voilà qu'elle me passe la main sur la tête. Je retire ma tête, elle ne doit pas la toucher. Pas elle. Ni personne !

— Nous voudrions voir nos enfants heureux, dit-elle.

Je ne suis pas son enfant. Je suis l'enfant du dimanche d'Ulla. Et je ne suis pas heureuse. Pas du tout heureuse, aujourd'hui. Plus jamais heureuse !

— Nous avons eu dernièrement une conversation avec Mme Fiedler et avec son ami, dit sœur Franciska.

Je dresse l'oreille. Une conversation ? Ulla était donc ici ? Et elle n'est pas venue me voir ?

— Je l'avais priée de venir, continue sœur Franciska. Il devenait nécessaire de s'entretenir à ton sujet.

Ulla était ici ! Et Christian aussi ! Lui, il avait le droit d'y être, et pas moi ! Et ils ont parlé de moi et ils ne m'ont pas appelée. Ça, c'est horrible ! Jamais je n'aurais fait ça. Je serais venue me voir, je serais venue me chercher. Ulla, c'est une traîtresse.

J'enfonce ma tête entre mes genoux et je serre mes poings. Pour m'empêcher de crier. Mais je ne peux pas m'empêcher de pleurer. Ça recommence.

— Je vais te dire quelque chose, que je ne voulais pas te dire, continue sœur Franciska. Pas encore...

Pourquoi dit-elle ça ? Elle n'a qu'à pas me le dire ! Je m'en fiche.

— Je voudrais que tu m'écoutes, maintenant.

Soudain elle me soulève de terre, et je n'ai pas le temps de me débattre que me voilà sur ses genoux. Je me dis que ça ne m'est jamais arrivé, d'être sur les genoux de sœur Franciska, depuis que je ne suis plus un bébé. Ma figure est tout près de la sienne et sa figure est pleine de plis et de rides, elle ne ressemble pas du tout à celle d'Ulla. Alors je presse ma tête contre son épaule pour ne plus la voir, la figure de sœur Franciska. Je ne vois plus rien, je sens seulement que je suis assise sur ses genoux, et je peux presque imaginer que ce sont les genoux d'Ulla. Mais les genoux d'Ulla ne sont pas si larges, c'est vrai.

— Ecoute, dit sœur Franciska — elle parle tout contre mes cheveux et mon oreille. Ecoute. Nous avons réfléchi, avec Mme Fiedler et son ami, à une adoption possible.

Ça me chatouille, quand elle parle si près de mon oreille. Elle chuchote... Qu'est-ce qu'elle dit ? Je ne sais pas... Elle me berce un peu. Comme un bébé. J'aimerais être un bébé, j'aimerais être le bébé d'Ulla... Je dis tout doucement contre l'épaule de sœur Franciska :

— Pourquoi est-ce qu'elle ne vient pas me prendre ?

— Parce que nous avons estimé préférable que Mme Fiedler examine aujourd'hui avec son ami cette question d'adoption. Nous devons tous, pour le moment, prendre un peu de recul... répond sœur Franciska, en me caressant la tête.

Question d'adoption ? De quoi parle-t-elle ? Qu'est-ce qu'ils doivent examiner ? Question d'adoption. Adoption... Je me redresse. Adoption. Je sais ce que c'est. Quelque chose de super. Il y a des enfants du foyer qui ont eu comme ça des parents qu'ensuite ils ont gardés toujours. Ces enfants ne sont plus revenus au foyer, sauf en visite. Ils étaient adoptés.

Je chuchote :

— Adoptée.

— Oui, répond sœur Franciska. Adopter, tu sais bien ce que ça veut dire ?

Oui, je sais. C'est quelque chose de super-super. On a des parents pour toujours !

— Eh bien... dit sœur Franciska.

Maintenant elle parle tout contre ma figure parce que j'ai levé la tête et que je la regarde.

— ...Mme Fiedler aimerait t'adopter.

Et elle continue à parler, mais je ne peux pas l'écouter. Je ne peux absolument pas. Mon ventre se met à me chatouiller.

Ulla veut m'adopter, elle veut que je sois son enfant, pour toujours, pas seulement son enfant du dimanche. Elle veut... Je crois que je fais une tête plutôt drôle. Sœur Franciska me parle soudain très vite :

— Il faut que je te dise quelque chose. Ne t'imagine pas que ce soit simple, une adoption. Et puis ce n'est pas encore décidé. Dans le cas de Mme Fiedler, ce sera sûrement difficile. Ecoute-moi, il se peut que ce soit impossible. M'écoutes-tu ? Il se peut qu'elle et son ami doivent d'abord se marier, afin que tu aies de vrais parents. C'est ça que Mme Fiedler et son ami doivent examiner, tu comprends ? Et, même dans ce cas, cela durera sûrement pas mal de temps, tout ça. Je ne veux pas éveiller en toi de faux espoirs, il se peut que ça n'aboutisse pas, tu m'écoutes ?

Elle me secoue, et moi je suis entre ses mains comme une poupée de caoutchouc qu'on secoue.

J'ai écouté. Très bien même. Je serai adoptée. Ulla m'adopte. Et en plus nous aurons Christian. Mais ça ne fait rien. Ulla devient ma vraie maman. Ma vraie de vraie. Pour toujours.

Je crois que je pleure encore. Mais autrement. Oui, maintenant je pleure tout à fait autrement. Alors sœur Franciska me presse contre sa grosse poitrine et dit :

— Ah ! ma petite fille, j'espère tellement pour toi que ça s'arrangera. Mais si ça ne s'arrangeait pas ! Il nous faut tout envisager. Ah ! ma petite fille...

Et tout à coup, c'est drôle, on dirait que la voix de sœur Franciska est pleine de larmes. Mais ça n'est pas possible ! Sœur Franciska ne doit pas pleurer. Ça s'arrangera sûrement. Puisque Ulla le veut, que moi aussi je le veux et que Christian nous aidera, alors ça s'arrangera. Sûr ! Donc on n'a pas à pleurer. On a à attendre, c'est tout, c'est ce qu'elle a dit elle-même, sœur Franciska. Peut-être à attendre assez longtemps. Mais ensuite ! Je sais attendre, je sais même très bien attendre. A moi ça ne me fait rien d'attendre.

D'ailleurs, je suis un enfant du dimanche. Et les enfants du dimanche ont de la chance. C'est sûr qu'ils ont de la chance.

Ce que j'aurais préféré, c'est de rester assise là, à attendre que ma chance arrive... Tout le lundi. Puis le mardi aussi et encore le mercredi... Enfin tous les jours jusqu'à ce qu'Ulla vienne, jusqu'à ce qu'elle vienne me prendre. Pour que je reste avec elle. Pour toujours.

Mais elle n'est pas venue me prendre.

Et ce n'était pas possible de rester comme ça, assise à l'attendre. Il faut bien aller à l'école. Malheureusement. Il faut y aller tous les jours, à l'école, il n'y a que quand on est malade qu'on peut manquer.

Je crois que je suis un peu malade. Malade d'attendre. Je l'ai d'ailleurs dit à sœur Franciska. Je lui ait dit que ça me fait drôle, que j'ai l'impression de planer... Je peux lui en parler parce que, elle, elle me comprend maintenant, j'en suis sûre. Elle me regarde aussi d'un air tout drôle, pas du tout comme avant. Je sais pourquoi. Nous partageons un secret. Enfin il a bien fallu que j'aille à l'école. Sœur Franciska a dit que le temps passera plus vite si je fais comme d'habitude. Et elle a ajouté que je ne dois pas planer. Je ne dois même pas essayer. Parce qu'après on « retombe durement sur le sol de la réalité ». C'est elle qui dit ça. Qu'est-ce qu'elle veut dire exactement ? Je n'en ai aucune idée. En tout cas elle a dit ça en me passant la main dans les cheveux. Je n'en ai pas parlé à Andréa, de l'adoption. Ni à elle ni à personne. Il faut d'abord que je sois sûre, bien sûre.

A ce moment-là seulement je parlerai. Ou bien, encore mieux, je prendrai mon Jeannot Lapin et mes affaires, et, si Andréa me demande quelque chose, je dirai tout simplement :

— Puisque tu veux le savoir, je suis adoptée. Salut.

Alors elle ouvrira de grands yeux. Et elle sera jalouse.

Quand j'y pense, j'en ai chaud partout. Dans le ventre et dans la tête. Etre adoptée, il n'y a rien de mieux.

Je crois que sœur Lyda sait aussi quelque chose. Le soir, quand je vais au lit, elle me donne deux baisers pour me dire bonne nuit. C'est agréable, parce que je m'imagine que c'est Ulla qui m'embrasse. Mais les baisers d'Ulla sont bien moins mouillés, je le sais.

Je pense que je manquerai beaucoup à sœur Lyda. Elle est toujours après moi, maintenant. Elle fait comme si j'allais partir tout de suite. Chaque fois qu'elle peut m'attraper, elle me fait des caresses. Je me laisse souvent attraper. Parce que, avec les caresses, c'est comme avec les baisers. Je ferme les yeux et je m'imagine que c'est... Ulla. Ma maman du dimanche. Non, ma vraie maman.

Qu'est-ce qu'elle peut bien faire, ma maman ? Peut-être qu'elle aménage déjà la maison. Il me faut bien un lit. Elle n'en a qu'un. Il faut qu'elle en achète un pour moi. Je crois qu'un lit, c'est cher. Mais Ulla a si peu d'argent. Si elle ne peut pas acheter de lit, je ne pourrai pas m'installer chez elle. Je n'aurai pas le droit. Sûrement pas. Parce que, au foyer, ils veulent que je sois bien installée. Sans lit, on n'est pas bien installé. C'est la « vie de bohème », comme dit sœur Franciska. Christian, lui, il a de l'argent. Il a un vrai métier, lui, et une voiture. Et, au café, il nous a payé un tas de gâteaux, sans rouspéter. Il n'a qu'à donner tout simplement l'argent du lit à Ulla. De toute façon, quand on est marié, on partage l'argent. Et Christian doit se marier avec nous. Enfin plutôt avec Ulla, mais moi il m'aura en plus. Nous vivrons ensemble. Tous les trois. Il lui faudra aussi un lit à lui. Ça va lui revenir cher, à Christian. J'espère qu'il a assez d'argent. J'aimerais lui demander. Mais je ne sais pas au juste où il habite. Je sais seulement que c'est près de chez Ulla, il n'y a qu'à tourner le coin de la rue.

Ça, c'est vraiment bête. Tous les deux ils vont devenir mes parents et je ne sais même pas où je peux trouver mon père. Je pourrais demander à sœur Franciska, mais je n'ose pas. Elle a l'air de ne pas vouloir qu'on lui demande quelque chose.

Jusqu'au samedi, j'ai eu vraiment une drôle de semaine. Il me semble que j'ai grossi. De la tête. Elle doit être super grosse, ma tête. Il m'a fallu tellement réfléchir. Andréa était très étonnée que je sois silencieuse comme ça. Elle a cru que j'allais avoir un rhume. Moi je veux bien, d'accord pour un rhume. Comme ça elle me laissera tranquille, au moins. Elle a trop peur de l'attraper. Si elle savait !

Le samedi je n'y tenais plus. Ma tête allait éclater. Alors j'ai tout raconté à Karli. Lui, de toute façon, il ne comprend pas grand-chose. Je lui ai construit trois pelles mécaniques et, en même temps, j'ai raconté. Comme ça on remarque moins. Je veux dire : les autres remarquent moins qu'on parle quand on construit des pelles mécaniques en même temps. Karli rayonnait de bonheur et faisait oui de la tête, sans baver du tout. Il était ravi de ses pelleteuses. Il riait aux éclats et ses joues devenaient toutes rouges. Ça se voyait vraiment. Les joues rouges, ça lui va bien avec ses cheveux genre paille. Il a l'air presque mignon.

Je lui ai promis que, quand je serai adoptée, il pourra venir nous voir. Je lui montrerai notre maison. Et, s'il est gentil, nous l'emmènerons de temps en temps en balade. Seulement, il faudra qu'il soit très gentil. Et il devra toujours donner la main à Christian. Il faut qu'il me le promette. Parce que la main d'Ulla, c'est ma main à moi. Il faut qu'il le comprenne.

Parce que, enfin, Ulla, c'est ma maman. Karli a fait oui de la tête et a lancé d'une voix criarde :

— Christian !

Ça donnait plutôt quelque chose comme « Chichan ». Je n'ai pas pu m'empêcher de rire. Karli a encore beaucoup à apprendre. Mais peut-être qu'il apprendra. Il est encore petit...

Andréa n'aura pas le droit de venir chez nous. Enfin pas encore maintenant. Elle ricane si bêtement devant les adultes et à moi, elle me fait des remarques bêtes. Elle pourra venir plus tard. Quand ? On verra bien.

Je ne sais plus comment être. Parce qu'il faut que j'attende. Au foyer, je n'y suis plus vraiment et, chez Ulla, je n'y suis pas encore. Je suis quelque part entre. C'est bizarre. Je voudrais m'endormir. Et, au réveil, je serais adoptée.

Je dors, je dors cent ans. Comme la Belle au bois dormant. Mais dans cent ans je ne vivrai plus. Personne ne devient si vieux... Je dors, je dors cinquante ans... ou dix ans... ou une semaine ou, encore mieux, un jour. Ça suffit, un jour, et ensuite... et ensuite...

Sœur Franciska appelle. C'est moi qu'elle appelle. Karli laisse tomber sa pelleteuse et moi je laisse tomber la main de Karli. Je la tenais dans ma main, sans même m'en apercevoir. Je file.

La voix de sœur Franciska est spéciale, comme si on l'avait serrée, sa voix. Elle n'a jamais cette voix-là. Elle doit sûrement avoir quelque chose d'important à me dire. Je sais déjà quoi... Je cours. Je descends trois marches à la fois. Je vole. Quatre marches à la fois... et j'atterris par terre. A quatre pattes. Juste devant sœur Franciska. Je la reconnais à ses grosses jambes. Mais il y a d'autres jambes. Des longues et minces... et encore des minces... Je les reconnais. Je les reconnais bien. C'est Ulla. Et Christian. Ils viennent me prendre. Maintenant ? Tout de suite ? Ou bien...

Alors quelqu'un éclate de rire. C'est Christian.

— Une grande révérence devant ses parents ! dit-il. Ce n'était pas indispensable !

Il rit encore. Je lève les yeux et je vois droit devant moi une sœur Franciska toute rieuse aussi.

Ulla ne rit pas. Je l'entendrais. Elle est là, elle me regarde, et ses lunettes sont pleines de buée. Je le vois bien.

Je suis toujours par terre, j'ai l'air plutôt bête. C'est comme si j'étais tombée sur la tête et pas sur

les genoux. Christian a dit « parents ». Ce sont mes parents. Et je dégringole dans l'escalier en plein devant eux ! Ça fait vraiment bête.

Dans ma tête ça tourne à toute allure, je me relève en vitesse et je grimpe l'escalier, je file chercher Karli. Je l'attrape par la main. Karli ne sait pas ce qui lui arrive, il ouvre de grands yeux et se met à baver. Je serre sa main bien fort et je le tire derrière moi jusqu'en bas de l'escalier. Il me suit en trébuchant. Quand nous voilà en bas, j'ai presque plus de souffle et je dis :

— Est-ce que Karli pourra venir nous voir ?

En disant ça, je tiens toujours la main de Karli.

Tous éclatent de rire. Tous ensemble. C'est Christian qui rit le plus fort. Sœur Franciska fait entendre un véritable gloussement, comme une poule, et en même temps elle s'essuie les yeux. Karli et moi, nous sommes là, devant eux, et je n'y comprends rien. Je ne me comprends pas moi-même. Pourquoi est-ce que j'ai demandé, pour Karli ? Je voulais poser une autre question... savoir quelque chose que maintenant ils doivent enfin me dire...

Tout à coup Ulla est à côté de moi. Elle rit et me prend dans ses bras. Elle me serre contre elle. Alors je me rends compte combien elle m'a manqué. Toute la semaine, elle m'a manqué. Je me sens presque faible... Mais maintenant elle est là. Je peux le constater, avec mes yeux, mes oreilles et mes doigts.

Maintenant je peux demander ce que je voulais demander :

— Est-ce que je suis adoptée ?

— Pas encore, répond Ulla.

Elle s'arrête de rire, mais elle ne me lâche pas.

— Mais bientôt, aussi vite que possible, dit-elle et elle me tient solidement. C'est promis. Tu viendras chez moi d'abord à l'essai.

— A l'essai ? dis-je.

Ulla fait oui de la tête.

— Promis ? dis-je.

Ulla fait encore oui.

— Notre fille à l'essai ! s'écrie Christian.

Sœur Franciska se racle la gorge.

Dans ma tête, ça s'est arrêté de tourner à toute allure. Dans ma tête c'est tout clair. Tout léger. Je murmure :

— Un papa à l'essai.

Je prends la main d'Ulla et je souris. A Christian. Christian me rend un sourire.

— Une période d'essai, dit sœur Franciska en se raclant de nouveau la gorge.

Je chuchote :

— Une maman à l'essai ?

Et je presse la main d'Ulla. Elle secoue la tête et me presse la main à son tour. Ça fait presque mal. Un bon mal. Je sais ce que ça veut dire. Je sais très bien.

— Ma fille, dit-elle.

Elle le dit tout bas. Mais j'ai entendu. Moi j'ai entendu.

— Que diriez-vous de boire un chocolat bien chaud ? demande sœur Franciska qui s'éloigne. Nous avons encore beaucoup de choses à discuter ensemble.

Je ne peux m'empêcher de rire, ça vient tout seul. Sœur Franciska et son chocolat chaud !

Karli rit aussi. Il gambade autour de Christian, en tenant sa main, et il pousse de petits cris de joie.

Karli, il ne comprend rien, bien sûr. Mais comme il a l'air heureux ! Je murmure :

— Mon frère à l'essai...

Je ris et je le pousse. Karli s'agrippe à moi et dit d'une voix bien forte et bien claire :

— Je serai ton frère du dimanche.

Je m'arrête de rire. Tous s'arrêtent de rire. Karli a dit une phrase entière. Pour la première fois !

FOLIO JUNIOR ÉDITION SPÉCIALE

Gudrun Mebs

L'enfant du dimanche

Supplément réalisé par
Christian Biet,
Jean-Paul Brighelli,
Pierre Dupuis
et Jean-Luc Rispail

Illustrations de Serge Bloch

SOMMAIRE

ÊTES-VOUS UN ENFANT DU DIMANCHE ?

ÊTES-VOUS UN ENFANT DU DIMANCHE ?

D'après une croyance populaire, quand on naît un dimanche, on a de la chance toute sa vie. C'est ce que rappelle l'auteur au tout début de ce livre. Mais ce n'est qu'une croyance car, en réalité, la chance ne dépend pas du jour où l'on est né. Quel que soit votre jour de naissance, vous sentez-vous un enfant du dimanche (qui attire la chance) ou bien un enfant des jours ordinaires (ni mieux ni plus mal loti qu'un autre) ou bien encore un enfant poursuivi par la malchance ? Répondez à ce questionnaire et reportez-vous à la page des solutions.

1. *Vous pensez que la chance sourit :*
A. Aux riches △
B. Aux audacieux ○
C. Aux optimistes □

2. *A la fête foraine, votre meilleur souvenir, c'est :*
A. Les manèges □
B. La loterie △
C. Le stand de tir à l'arc ○

3. *Vous disposez, chaque semaine, de trois fois moins d'argent de poche que votre voisin :*
A. Vous considérez que c'est injuste △
B. Vous n'avez pas besoin de plus d'argent □
C. Vous vous estimez heureux car votre ami, lui, n'a jamais un centime ○

4. *Partir faire du ski tous les dimanches en hiver, c'est :*
A. Une chance inouïe △
B. Une excellente habitude □
C. Un privilège ○

5. *Votre vélo crève au beau milieu d'une montée, et votre réaction c'est :*
A. Ça arrive à tout le monde □
B. Ça n'arrive qu'à moi △
C. Où est ma rustine ? ○

6. *La maxime la plus juste c'est :*
A. Tel qu'on fait son lit on se couche ○
B. Aux innocents les mains pleines △
C. Advienne que pourra □

7. *Vous participez à un concours, vous gagnez le deuxième prix, un voyage au Mexique, et vous vous dites :*
A. Je n'en crois pas mes yeux ○
B. Je l'ai bien mérité □
C. Quel est le veinard qui a gagné le premier prix ? △

---

8. *Vous vous cognez le coude gauche violemment. Pour vous, c'est l'annonce :*
A. D'une bonne nouvelle △
B. D'aucune nouvelle particulière □
C. D'un gros bleu ○

---

9. *Cette semaine, vous avez collectionné les mauvaises notes et, en plus, vous êtes privé de sortie :*
A. Vous attendez sereinement des jours meilleurs □
B. Vous pensez que le sort s'acharne sur vous △
C. Vous prenez un livre pour oublier ce cauchemar ○

---

10. *Vous pensez que, pour être heureux, il vaut mieux :*
A. Mettre toutes les chances de son côté ○
B. Se fier à son destin △
C. Se faire confiance □

---

11. *Dans la rue vous devez passer sous une échelle :*
A. Vous vous en écartez à tout prix △
B. Vous riez intérieurement des superstitieux ○
C. Vous levez les yeux pour vous assurer qu'il n'y a aucun danger □

---

12. *Quel genre de héros préférez-vous ?*
A. Celui qui ne compte que sur ses propres forces pour réussir □
B. Celui qui, investi de pouvoirs surnaturels, accomplit une mission △
C. Celui qui arrive à tirer parti du hasard ○

Solutions page 172

1
AU FIL DU TEXTE

PREMIÈRE PARTIE (p. 9-70)

Douze questions pour commencer

L'enfant du dimanche est une petite fille dont le destin n'est pas ordinaire. Avec elle, vous allez pénétrer dans un monde que l'on connaît en général assez mal : celui des enfants qui n'ont pas de parents. Découvrez cet univers somme toute insolite et répondez aux questions suivantes, sans consulter votre livre. Puis reportez-vous à la page des solutions pour savoir si votre lecture est suffisamment attentive.

1. *L'enfant du dimanche s'imagine que ses parents l'ont abandonnée parce que :*
A. Ils préféraient un garçon
B. Ils avaient déjà trop d'enfants
C. Ils étaient trop pauvres pour l'élever

2. *Son amie a pour prénom :*
A. Annie
B. Andréa
C. Andrée

3. *Elles dorment :*
A. Dans deux chambres séparées
B. Dans le même lit
C. Dans la même chambre

4. *L'enfant du dimanche raconte tout à :*
A. Sa poupée
B. L'ours en peluche
C. Jeannot Lapin

5. *En entrant chez Ulla, ça sentait :*
A. Le chien mouillé
B. La fumée de cigarette
C. La lessive

6. *Comment sa maman du dimanche est-elle habillée ?*
A. Avec un manteau en fourrure d'ours blanc
B. En tee-shirt et baskets
C. Avec un anorak et un bonnet à pompon

7. *Pour l'enfant du dimanche, Ulla est seulement :*
A. Gentille
B. Étrange
C. Antipathique

8. *La mousse du bain est pour l'enfant :*
A. Comme un nuage floconneux
B. Comme une énorme crème Chantilly
C. Comme un édredon en écume

9. *Andréa considère qu'avoir pour maman du dimanche un écrivain, c'est :*
A. Une malchance incroyable
B. Une grande chance
C. Une chose naturelle

10. *Lorsque l'enfant du dimanche doit avouer qu'elle a pris le chemisier d'Andréa, elle ressent :*
A. De la honte et de la colère
B. De la révolte et du désespoir
C. De la tristesse et de l'humiliation

11. *Menacée de ne plus revoir sa maman du dimanche, elle projette :*
A. De tout casser dans le foyer
B. De préparer une vengeance effroyable
C. De se sauver

12. *Que fait l'enfant du dimanche lorsque Karli vient la consoler ?*
A. Elle lui dit : « Je regrette »
B. Elle le met à la porte
C. Elle fait semblant de ne pas le voir

Solutions page 172

Imaginer n'est pas mentir !

Vous vous rappelez sûrement comment, à plusieurs reprises, l'héroïne invente des histoires abracadabrantes pour épater Andréa. Par exemple, au début de l'histoire, elle lui raconte comment elle a passé une fabuleuse journée dans un appartement avec des fauteuils et des canapés dorés tout en velours, des tables en verre avec des pieds en argent, des plats gigantesques remplis de pralines et, sur le sol, une immense peau d'ours blanc tenant dans sa bouche une pomme d'or ! Andréa la traite alors de « sale menteuse » ! Et la petite fille se dit alors : « Ce n'est pas vrai. Je n'ai pas menti, j'ai seulement imaginé. »

1. Puisque imaginer n'est pas mentir, dites quelle différence vous faites entre mentir et imaginer.

2. Organisez le concours du plus gros mensonge.
Voici les règles du jeu :
- Chacun devra raconter par écrit le plus gros mensonge possible.
- Mais, attention ! ce mensonge devra cependant être rapporté comme une véritable histoire : on doit pouvoir vous lire, même si l'on n'est pas obligé de vous croire !
- A chaque histoire est attribué un numéro.

- Chaque participant devra ensuite lire à haute voix sa propre histoire.
- Chacun votera ensuite à bulletins secrets pour un des textes (texte n° 1, n° 2, etc.).
- Le texte rassemblant le plus de suffrages sera donc officiellement couronné « plus gros mensonge », et son auteur « grand inventeur d'histoires ».

Pour vous aider, voici une liste de titres possibles qui vous mettront sur la voie d'un grand mensonge. Vous verrez qu'avec un peu d'entraînement vous pourrez très vite inventer un mensonge aux proportions gigantesques !
- Rencontre dans un frigidaire.
- Un fabuleux repas.
- Incroyable vision.
- Voyage sur le soleil.
- Le chat qui bégayait.

Quel langage !

On peut dire que le langage de l'enfant du dimanche est bien souvent très familier, quand il n'est pas carrément argotique ! En tout cas, nombreuses sont les expressions qui appartiennent à ce que l'on appelle « le langage parlé », par opposition au langage « écrit » qui se doit d'être plus châtié !

1. Exprimez, en un langage écrit, les propos suivants, tenus par l'enfant du dimanche :

- Le dimanche c'est barbant au foyer (p. 9).
- On a du pot d'avoir une chambre à deux (p. 10).
- Et elle la ramène sans cesse (p. 10).
- Je ne fais pas le poids (p. 11).
- Elle me fera faire des trucs encore plus chouettes (p. 20).
- Cette Andréa n'a qu'à me ficher la paix (p. 22).
- Elle ne lâche pas le morceau (p. 24).

2. Dans chacune des propositions suivantes, remplacez « super » soit par un adjectif approprié, soit par une courte phrase relative. Par exemple, au lieu de « balades super » (p. 12), on pourrait dire « des balades extraordinaires » ou encore « des balades que j'attendais », ou « qui me réjouissaient », etc.

- Une voiture super (p. 18)
- Un pique-nique super (p. 18)
- La dame super (p. 23)
- Un chien super (p. 23)
- Tout chez elle est super (p. 23)

Des châteaux en Espagne

C'est ainsi que l'on désigne les projets dont on rêve et qui n'ont guère de chances d'être un jour réalisés. Cependant, lorsque l'enfant du dimanche rêve à ce qu'elle pourrait faire lors de son premier dimanche hors du foyer, ses projets semblent être des châteaux assez modestes.

1. Tentez de retrouver dans votre mémoire tout ce dont rêve cette enfant de huit ans. Si vous craignez d'en avoir oublié, complétez votre liste en imaginant ce dont peut rêver une enfant dans sa situation. Puis reportez-vous aux pages 18 et 19 pour comparer : pourquoi votre liste et celle du livre ne sont-elles pas identiques ?

2. Décrivez à votre tour le dimanche idéal que vous souhaiteriez passer : quels seraient vos châteaux en Espagne ? En compagnie de qui passeriez-vous ce dimanche ? Où ? Comment se déroulerait la journée ?

Une attente angoissée

(p. 29-32)

La maman du dimanche est en retard. Et peu à peu, l'angoisse étreint la petite fille. « Et si on ne vient pas me chercher ? » se dit-elle. C'est alors que commencent à tournoyer dans sa tête toutes sortes d'hypothèses susceptibles d'expliquer ce retard angoissant.

1. Tentez de retrouver ces hypothèses. Il y en a cinq. Si malgré vos efforts vous ne les retrouvez pas toutes, remplacez celles qui vous manquent par des hypothèses que vous inventerez. Mais n'inventez pas à la légère : essayez plutôt de vous mettre à la place de l'enfant de huit ans.

2. Si l'ami qui devait aller au cinéma avec vous n'était pas arrivé à l'heure chez vous, qu'auriez-vous fait ? Choisissez une des situations suivantes et racontez les réflexions que vous auriez pu vous faire durant cette attente :

a) Vous attendez cinq minutes et vous partez seul.

b) Vous lui donnez une heure, pas plus.

c) Vous l'attendez désespérément jusqu'à la fin de la journée.

Quel désordre !

1. Quand l'enfant du dimanche arrive pour la première fois chez Ulla, quelle n'est pas sa surprise ! Tout est en désordre ! Mais elle est déçue par bien d'autres choses encore... Saurez-vous retrouver tout ce qui a déçu l'enfant du dimanche ? Pour vous aider, voici quelques indications : la description la plus complète d'Ulla se trouve p. 33 et 41, et celle de son appartement p. 37 à 40.

2. Grâce aux renseignements obtenus, pouvez-vous le plus fidèlement possible faire le portrait d'Ulla, et dessiner son appartement (une ou plusieurs pièces au choix) ? Essayez de n'oublier aucun détail : les vêtements d'Ulla, le désordre de l'appartement, etc.
Faites également le portrait idéal d'Ulla (telle que se l'imaginait l'enfant du dimanche) et de l'appartement idéal.

3. Allongée sur le matelas, la petite fille s'endort pendant que Ulla lui lit une histoire. (p. 46) Imaginez que, dans un demi-sommeil, elle n'entende que des mots isolés, des bouts de phrase. En voici la liste ci-dessous. Reconstituez une histoire fantaisiste en utilisant tous ces éléments selon votre gré :
escargot - vanille - un beau matin - lui tord le cou - peur bleue - attends un peu - bol de lait - à mourir de rire

Des tonnes de livres

Andréa, qui n'a pourtant que dix ans « aime lire, des tonnes de livres... elle n'en a jamais assez ». (p. 51) Mais l'enfant du dimanche, elle, déclarait, en voyant tous les livres que possède sa maman du dimanche : « je n'aime pas tellement lire, en tout cas pas lire un livre d'un bout à l'autre. » (p. 39)

1. Si vous êtes de ceux qui n'aiment « pas tellement lire », interrogez-vous sur ceux qui aiment beaucoup lire : cherchez les raisons pour lesquelles, à votre avis, on peut aimer les livres au point d'en dévorer « des tonnes ».

2. Au contraire, si vous êtes de ceux qui aiment beaucoup lire, interrogez-vous sur ceux qui détestent lire : cherchez les raisons qui font qu'on n'aime pas les livres. Est-ce seulement une affaire de goût personnel ?

3. L'enfant du dimanche pense que Ulla ne peut pas être un écrivain, car « les écrivains sont des êtres exceptionnels et Ulla n'est pas un être exceptionnel ». (p. 52)

a) Que veut-elle dire par là ?

b) Quelle idée vous faites-vous d'un écrivain ? Décrivez un écrivain tel que vous l'imaginez. Racontez sa journée.

c) Y a-t-il, à votre avis, plusieurs sortes d'écrivains ? Qu'est-ce qui les différencie ?

d) Qu'est-ce qui, à votre avis, distingue un romancier d'un poète en dehors du fait que l'un écrit des romans et l'autre des poèmes ?

4. Ulla « écrit des histoires pour les enfants ». Pensez-vous que les livres écrits spécialement pour les enfants sont plus intéressants (ou moins intéressants) que les livres écrits « pour tout le monde » ? Ne vous contentez pas d'un « oui » ou « non » ou « ça dépend », mais justifiez votre point de vue par des arguments convaincants !

Entre deux dimanches

(p. 57-70)

1. *Le chemisier emprunté*

Cette affaire de chemisier, emprunté par l'enfant du dimanche à son amie, prend des proportions inquiétantes. Comment aurait-on pu éviter qu'elle tourne au drame ?

- Pourquoi Andréa soupçonne-t-elle son amie de le lui avoir « volé » ?
- Pourquoi l'héroïne n'avoue-t-elle pas le lui avoir « emprunté » ?
- A votre avis, s'agit-il effectivement d'un vol ou d'un emprunt ?
- Pourquoi, par la suite, Andréa soupçonne-t-elle le petit Karli ? N'est-ce pas étrange ?
- Pourquoi, après son aveu, l'enfant du dimanche refuse-t-elle d'aller s'excuser auprès d'Andréa ?

2. *Le projet de fugue*

La petite fille réfléchit à la façon dont elle pourrait fuir le foyer pour rejoindre Ulla mais, devant les obstacles insurmontables, elle renonce à son projet et se met à pleurer.

- Quels sont ces obstacles ? Quels problèmes aurait-elle eu à résoudre pour arriver à ses fins ?
- Imaginez sa fugue irréfléchie : elle se retrouve dehors, sans argent et sans connaître l'adresse où elle veut se rendre.
- Comment aurait pu se passer son retour au foyer ? Racontez la scène.

3. *Karli le consolateur*

De façon tout à fait inattendue, Karli vient consoler la petite fille qui s'étonne car « il est encore petit et puis bête. » (p. 70)

- Pourquoi considère-t-elle qu'il est bête ?
- Trouve-t-on, dans ce récit, des éléments laissant supposer qu'il est effectivement « bête » ?
- Pourquoi cet enfant n'a-t-il pas de « parents du dimanche » ?

DEUXIÈME PARTIE (p. 71-142)

La tête dans les nuages

(p. 80-82)

Après avoir fait la course près d'un lac, Ulla et l'enfant du dimanche vont inventer une histoire de nuages. Et « à ce moment-là, de gros nuages gris traversent le ciel. Des nuages de pluie ». Connaissez-vous la grande famille de ces nuages ?

1. Les nuages se répartissent en quatre grandes familles :

Les cumulus (du latin *cumulus* : amas)
Nuages de beau temps d'aspect semblable à celui d'une balle de coton, d'un blanc éclatant, à développement vertical.

Les stratus (du latin *stratus* : qui est étendu)
Nuages inférieurs qui se présentent en couche uniforme grise formant un voile continu.

Les cirrus (du latin *cirrus* : filament)
Nuages blancs se formant très haut (vers 10 km de hauteur) et ayant l'aspect de petits flocons ou de filaments en forme d'arêtes de poisson. Ils forment généralement avec les altocumulus un ciel pommelé qui annonce l'arrivée du mauvais temps.

Les nimbus (du latin *nimbus* : nuage)
Nuages inférieurs gris sombre se combinant avec certains stratus (nimbo-stratus) et certains cumulus (cumulo-nimbus), et caractéristiques du mauvais temps.

En vous référant aux définitions ci-dessus, dessinez un représentant de chacune de ces familles.

2. Mais il y a encore bien d'autres nuages intermédiaires ; en quelque sorte, les cousins de ces quatre familles :

- les cumulo-nimbus
- les cumulo-stratus (ou strato-cumulus)
- les cirro-stratus
- les cirro-cumulus
- les altocumulus
- les altostratus
- les nimbo-stratus

Cherchez tout d'abord leur définition dans un dictionnaire. A quoi ressemblent-ils ? Puis dessinez-les.

Silence, on parle !

1. *La gorge se noue*

Relisez la page 82 : la petite fille sent tout d'abord « un drôle de chatouillis dans son ventre », qui remonte ensuite « dans la gorge », « comme de la joie qui veut sortir », et ajoute enfin : « Et je ne comprends même plus pourquoi avant je ne disais rien. »

a) D'après vous, que signifie ce chatouillis ? Quels sont ici les sentiments de l'enfant du dimanche ?

b) Pourquoi ne pouvait-elle pas parler auparavant ?

c) Que se passe-t-il ensuite ?

d) Vous est-il arrivé de ne pas pouvoir parler ?

e) Pourquoi ?

f) Et, pourtant, n'aviez-vous pas envie de parler ? Que s'est-il passé ensuite ? Prenez la parole et racontez cette expérience.

2. *La langue se délie*

Une fois mise en confiance, la petite fille sent sa langue se délier comme par enchantement et la voilà qui parle comme elle n'avait jamais parlé jusqu'ici.

a) De qui et de quoi parle-t-elle ? Tentez de retrouver ce qu'elle confie à Ulla.

b) Par quoi la conversation est-elle interrompue ?

c) Pourquoi, à votre avis, l'enfant ne parle-t-elle pas de ses parents, ou du mystère qui entoure ses parents ?

d) On appelle la personne à qui l'on se confie un confident ou une confidente. Mais, vous en avez certainement fait l'expérience, on ne se confie pas à tout le monde, tout le monde ne peut pas être un confident. Qu'est-ce qui fait que l'on a envie de se confier à telle personne et pas à telle autre ? Faites le portrait d'une personne qui pourrait être votre confident et celui d'une personne qui ne pourrait absolument pas l'être. Serait-ce plutôt un garçon ? Une fille ? Un homme ? Une femme ? Quelqu'un de la famille ? Extérieur à la famille ? Plutôt jeune ? Plutôt très âgé ? Plutôt bavard ? Plutôt silencieux ?

Avez-vous du nez ?

Ulla et l'enfant du dimanche viennent de prendre un bain. (p. 92) « Elle sent bon, elle sent bon, Ulla », se dit l'enfant. Et vous, savez-vous reconnaître certaines personnes ou certains animaux à leur seule odeur ?

1. En quelques lignes, dites quelle est l'odeur :
- d'un chien mouillé
- d'un bébé
- d'un garagiste
- d'un poissonnier
- d'un boulanger
- d'un putois

2. Sauriez-vous également reconnaître certains lieux à leurs odeurs ? Lesquels ? A quelles odeurs ?

3. De la même façon, dites brièvement quelles sont les odeurs :

- d'un hôpital
- chez vous
- dans une cave humide
- à la campagne, l'été
- dans un grand magasin
- dans une bibliothèque
- à l'école

(selon les salles de classe)

Jalouse comme une tigresse

(p. 90-119)

En famille, les rivalités sont inévitables, même si, le plus souvent, elles ne sont pas très graves. Avez-vous remarqué comment se comporte l'enfant du dimanche envers Ulla ? N'y a-t-il pas une évolution ? Laquelle ? Essayez de répondre à ces quelques questions :

a) De qui, successivement, l'enfant du dimanche est-elle jalouse ? Pourquoi ?

b) « C'est mon Ulla à moi ! Ma maman du dimanche, on n'a pas le droit de la toucher ! » (p. 103)
- Quels sont les mots qui expriment dans cette phrase la jalousie ? Comment s'appellent ces mots ? Ne pensez-vous pas que leur nom est bien choisi ? Pourquoi ?

c) Ecrivez ensuite un texte d'une dizaine de lignes pour décrire une personne que vous aimez particulièrement.

d) Au fait, que signifie exactement être jaloux de quelqu'un ? Donnez une définition précise de la jalousie en évoquant ce que sont les craintes et les désirs du jaloux.

L'enfant-goutte de pluie

(p. 108)

L'enfant du dimanche invente une bien curieuse histoire de gouttes de pluie. Qui sont en réalité les personnages de cette histoire ?

1. Retrouvez ceux qui se cachent derrière toutes ces gouttes de pluie :
- Maman-goutte de pluie, c'est...
- La grosse goutte de pluie, c'est...
- L'enfant-goutte de pluie, c'est...
- Les autres enfants-gouttes de pluie, ce sont...
- Le petit éclaboussis de rien du tout, c'est...

2. Sauriez-vous inventer une histoire semblable dans laquelle les personnages seraient « transformés » de la même façon ?
Imaginez une histoire assez courte dans laquelle vous figurez, ainsi que d'autres personnes que vous connaissez.

L'Enfer ou le Paradis

(p. 126)

Apprenant que sa maman du dimanche ne vient pas, la petite fille entre dans une grande colère et pousse des cris. Sœur Lydia s'indigne : « À t'entendre, on croirait qu'ici, au foyer, c'est l'enfer ! »
Essayez de vous mettre à la place de la petite fille et faites la description du foyer, en utilisant les images de l'Enfer que vous connaissez...
Puis décrivez ce même lieu comme une sorte de Paradis terrestre.

Adoptée !

(p. 131-142)

1. Ulla veut adopter la petite fille. Elle doit écrire une lettre officielle de demande d'adoption pour l'administration du foyer. Elle exposera les points suivants dans une lettre que vous rédigerez :
a) Les raisons pour lesquelles elle désire adopter la petite fille.
b) Les conditions matérielles, le mode de vie qu'elle compte offrir à l'enfant.
c) Les engagements qu'elle prend vis-à-vis de la petite fille et du foyer.

2. L'administration du foyer fait naturellement une enquête sur Ulla. A vous de rédiger un dossier sur cette future mère adoptive en vous plaçant du point de vue d'un enquêteur froid et objectif.

3. Les sœurs demandent à la petite fille de rédiger à son tour une lettre, en quelques lignes, pour savoir si elle accepte d'être adoptée par Ulla. Il faudra, bien sûr, donner les raisons de ce choix.

4. Finalement l'administration accepte l'adoption. Rédigez la lettre officielle par laquelle Ulla est avisée qu'elle est autorisée à adopter l'enfant.

5. Mais, en dehors des tracasseries administratives, cette adoption est avant tout un événement heureux, le point de départ d'une nouvelle vie pour l'héroïne de ce livre :

a) Sauriez-vous dire exactement pourquoi ces dernières pages sont émouvantes ?
b) Avez-vous déjà pleuré en regardant un film, en lisant un livre, ou en entendant une histoire vraie ? Racontez. Pourquoi exactement aviez-vous pleuré ?
c) Imaginez maintenant que vous deviez écrire un scénario : vous tenez absolument à ce que la fin du film suscite une grande émotion chez le spectateur. Comment vous y prendrez-vous pour que, dans ce scénario, on comprenne votre intention ?
d) Regardez le dessin de la dernière page du livre. Que suggère-t-il ? Cela a-t-il été réellement écrit par l'auteur ?

6. A votre tour d'imaginer une autre fin à *L'Enfant du dimanche*, soit par un texte, soit par un dessin. Choisissez par exemple :
- une fin tragique
- une fin comique
- une fin qui annoncerait un second volume
- une fin qui laisserait tout le monde... sur sa faim

Douze questions pour conclure

Ce questionnaire porte sur l'ensemble du livre. Répondez-y sans vous hâter, en laissant à votre mémoire le temps de choisir la réponse juste. Puis reportez-vous à la page des solutions pour évaluer la qualité de votre lecture.

1. *Les parents d'Andréa :*
A. Sont à l'étranger
B. Sont morts
C. Sont en prison

2. *L'enfant du dimanche considère qu'Andréa est idiote mais :*
A. Courageuse
B. Loyale
C. Obstinée

3. *Mme Fiedler surnomme la petite fille :*
A. Pot de miel
B. Pot de crème
C. Pot de colle

4. *L'enfant du dimanche a emprunté à Andréa :*
A. Ses souliers vernis
B. Son lapin en peluche
C. Un chemisier

5. *Lorsque l'enfant du dimanche est surprise dans le lit avec Karli :*
A. Andréa les chatouille
B. Elle se fâche
C. Elle les traite d'amoureux

6. *Ulla a oublié à la maison :*
A. Le pique-nique
B. Son bonnet
C. Sa clé

7. *Pour l'enfant du dimanche, fumer :*
A. C'est super !
B. C'est interdit
C. Ça rend malade

8. *Ulla lui donne :*
A. Une tasse-bol rouge
B. Un lapin en peluche
C. Une montre

9. *L'enfant se raconte une histoire :*
A. De fantômes
B. De gouttes de pluie
C. De nuages

10. *La dédicace d'Ulla est exactement :*
A. Pour mon enfant du dimanche, en toute tendresse, Ulla
B. Coucou !
C. A ma petite fille adorée, Ulla

11. *Dans l'attente de l'adoption, l'enfant du dimanche a l'impression :*
A. De n'être déjà plus du tout au foyer
B. D'être déjà installée chez Ulla
C. D'être quelque part entre les deux

12. *Au moment où elle s'en va avec ses deux parents, que fait Karli, pour la première fois ?*
A. Il se met en colère et mord
B. Il frappe l'enfant du dimanche
C. Il prononce une phrase entière

Solutions page 173

2
JEUX ET APPLICATIONS

La semaine est divine

Les enfants qui naissent un dimanche ont, paraît-il, beaucoup de chance... Et vous, quel jour êtes-vous né ?
Dans chaque jour de la semaine, vous retrouvez « di » qui vient du latin *dies*, le jour, mais à chaque jour est associé un dieu ou une planète du système solaire.
Sauriez-vous retrouver le nom de ces dieux antiques ou de ces planètes pour chacun des jours de la semaine ?
Dimanche est le jour du Seigneur (*dominicus* en latin)
1. Lundi est le jour de l'astre de la nuit
2. Mardi est le jour du dieu de la guerre
3. Mercredi est le jour du dieu des voleurs et des marchands
4. Jeudi est le jour du roi des dieux
5. Vendredi est le jour de la déesse de la beauté
6. Samedi est le jour du repos ou encore du dieu des vignerons et des paysans

La famille au grand complet

L'enfant du dimanche n'a jamais connu ses parents. Elle ignore donc si elle a eu ne serait-ce que des frères et sœurs. Elle ne sait rien de sa famille. Et pourtant les membres d'une famille peuvent être fort nombreux. Vous allez vous en apercevoir en jouant à ce jeu :

1. Retrouvez les membres de la famille qui se cachent dans la liste des mots ci-dessous. Ces mots sont formés avec les lettres des mots à trouver. Par exemple avec les lettres de *le fil* on peut écrire *fille* : *le fil* est donc l'anagramme de *fille*.
A. Ourse - B. Venue - C. Leçon - D. Gendarmer - E. Ranimera

2. Inversement trouvez des anagrammes pour ces autres membres de la famille qui sont tous au pluriel :
A. Mères - B. Cousines - C. Tantes - D. Pères - E. Cousins

Solutions page 174

Le corps dans tous ses états

Que signifie avoir la gorge nouée ? Qu'éprouvez-vous lorsque votre cœur bat la chamade ? Et comment exprimeriez-vous votre mécontentement, en foudroyant du regard ?
A chaque partie du corps correspond une ou plusieurs sensations, agréables ou désagréables. Les connaissez-vous ?

1. *Quand le corps nous parle*
Les émotions souvent violentes qui animent l'enfant du dimanche s'expriment la plupart du temps à travers son corps. Ainsi dans un moment de joie peut-elle sentir « des chatouillis dans la gorge ». Mais comment traduit-elle d'autres sentiments tels que la peur, la colère ou la peine ? A chaque partie de son corps (où ?) correspond une sensation (quoi ?) et un sentiment (pourquoi ?). Saurez-vous rétablir toutes les correspondances ? Pour vous aider, les pages du texte ont été indiquées et certaines cases ont été remplies.

PAGES	OU ?	QUOI ?	POURQUOI ?
16-82-132	VENTRE		Joie
31	ou	Crampes	
54	ESTOMAC		Fort espoir
55			
61			
73		Chaleur	
82		Chatouillis	
75	BOUCHE		
31 - 128			Peine
61	DENTS		Rage
127	TOUT LE CORPS	Envie « d'éclater en mille morceaux »	

2. *Quand nous parlons du corps*
Vous avez pu voir qu'il y a un véritable langage du corps. En complétant ce nouveau tableau, vous vous apercevrez

que vous connaissiez la plupart de ces expressions, et qu'il vous arrive à vous aussi de « parler » avec votre corps.

Avoir le ...... brisé	Avoir du chagrin
Avoir le mauvais œil	......
Faire la fine	Faire le délicat
Donner sa ...... à quelqu'un	Se marier
Faire le dos rond	......
Faire des ...... de velours	Amadouer quelqu'un
Avoir une ...... contre quelqu'un	En vouloir à quelqu'un
Prendre ses ...... à son	Courir très vite
Donner sa langue au chat	......
...... creux n'a pas d'......	Celui qui n'a pas mangé n'écoute pas
Avoir la ...... bien pendue	Parler très facilement
Mettre la puce à l'oreille	......

Solutions page 174

L'écrivain privé d'« o »

Ce jeu consiste à écrire un texte en s'astreignant à ne jamais utiliser une des vingt-six lettres de l'alphabet. La lettre à exclure est en général une voyelle. Ce jeu s'appelle un lipogramme.

1. Récrivez le premier paragraphe du livre en excluant la lettre « o ». Pour ce faire, il faudra remplacer les mots qui comportent un « o » par des mots qui n'en comportent pas, mais en modifiant le moins possible le sens des phrases !
Voici, en lipogramme, le début de ce paragraphe : « Je suis un enfant du dimanche. Parce que ma naissance a eu lieu un dimanche. A ce qu'il paraît, les enfants du dimanche seraient très chanceux... ». A vous de continuer.

2. Vous pouvez, de la même manière, rédiger un résumé de ce livre en lipogramme sans « o ». Mais que ferez-vous d'« adoption » ? A vous de trouver une solution ingénieuse.

Solutions page 175

Mots croisés

Horizontalement

I. Ce jour-là l'enfant du dimanche s'ennuyait - II. Avant le saut. Deux fois la même voyelle - III. Donner un nom - IV. Époque - V. Extraite d'un texte - VI. Prénom de Capone. Moitié de Ksar. L'autre c'est l'oïl - VII. Adjectif démonstratif. Exclamation espagnole - VIII. Ceux de la petite fille n'ont pas été déçus.

Verticalement

1. Andréa en réclame une d'Ulla - 2. Elle est parfois déserte. Elles sont parfois désertes. 3. Maître de l'impressionnisme, il a peint *Les Baigneuses*. Sigle de Travaux Pratiques - 4. Ulla en porte souvent un - 5. Plat - 6. Avec en latin. Le silence est, dit-on, aussi précieux que lui - 7. Avance ! Solo mélangé - 8. Tel aurait été le gâteau de l'enfant du dimanche si elle l'avait fait trop tôt.

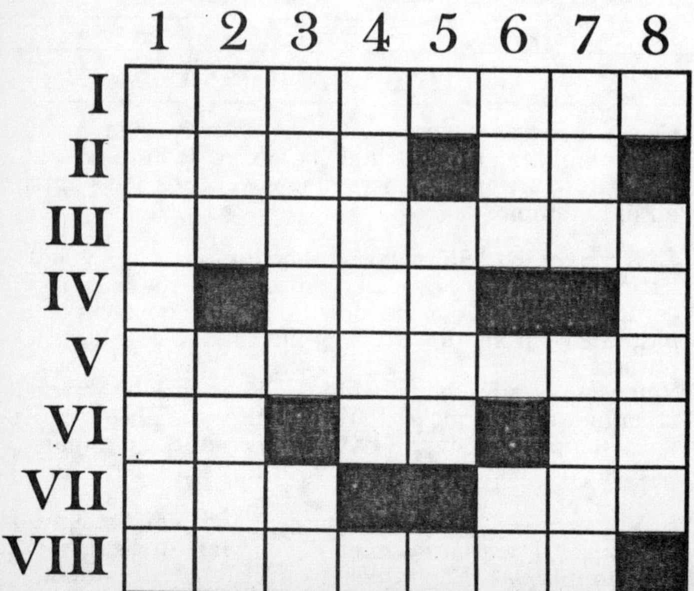

Solutions page 175

3
ENFANTS ABANDONNÉS DANS LA LITTÉRATURE

En famille

Une jeune femme meurt, abandonnant sur le pavé sauvage de Paris sa petite fille Perrine. La fillette chemine sur des sentiers peuplés de silhouettes hostiles, de vieillards rogues, de mégères criardes : toute une humanité vibrante et dérisoire ruminant l'âcreté de douleurs enfouies ; un monde hanté par les masques grimaçants du carnaval humain. Le portrait d'une petite âme vaillante et délicate.

« Ah ! comme elle eût voulu en rencontrer une aussi misérable qu'elle, pour lui demander de quoi vivent les vagabonds le long des chemins qui traversent les pays civilisés.

Mais y avait-il au monde aussi misérable, aussi malheureuse qu'elle, seule, sans pain, sans toit, sans personne pour la soutenir, accablée, écrasée, le cœur étranglé, le corps enfiévré par le chagrin ?

Et cependant il fallait qu'elle marchât, sans savoir si au but une porte s'ouvrirait devant elle.

Comment pourrait-elle arriver à ce but ?

Tous nous avons dans notre vie quotidienne des heures de vaillance ou d'abattement pendant lesquelles le fardeau que nous avons à traîner se fait ou plus lourd ou plus léger ; pour elle c'était le soir qui l'attristait toujours, même sans raison ; mais combien plus pesamment quand, à l'inconscient, s'ajoutait le poids des douleurs personnelles et immédiates qu'elle avait en ce moment à supporter.

Jamais elle n'avait éprouvé pareil embarras à réfléchir, pareille difficulté à prendre parti, et il lui semblait qu'elle était vacillante, comme une chandelle qui va s'éteindre sous le souffle d'un grand vent, s'abattant sans résistance possible tantôt d'un côté, tantôt de l'autre, folle.

Combien mélancolique était-elle cette belle et radieuse soirée d'été, sans nuages au ciel, sans souffle d'air, d'autant plus triste pour elle qu'elle était plus douce et plus gaie aux autres, aux villageois assis sur le pas de leur porte avec l'expression heureuse de la journée finie ; aux travailleurs qui revenaient des champs et respiraient déjà la bonne odeur de la soupe du soir ; même aux chevaux qui se hâtaient parce qu'ils sentaient l'écurie où ils allaient se reposer devant leur râtelier garni.

Lorsqu'elle sortit de ce village, elle se trouva à la croisée de deux grandes routes qui toutes deux conduisaient à Calais, l'une par Moisselles, l'autre par Écouen, disait le poteau posé à leur intersection ; ce fut celle-là qu'elle prit. »

Hector Malot,
En famille

Olivier Twist

C'est dans un hospice qu'Olivier Twist, abandonné par ses parents, commence son existence misérable. Les mauvais traitements que lui inflige le bedeau de la paroisse amènent l'enfant à s'enfuir à Londres. Là il se laisse entraîner par un adolescent, le Renard, dans le sillage d'une bande de malfrats. Elle est menée par le vieux Fagin, bien décidé à faire de sa nouvelle recrue un voleur.

« – Pourquoi qu'tu marches pas avec Fagin, Olivier ?

– Tu f'rais fortune en moins d'deux ! ajouta le Renard, la figure éclairée par un rictus.

– Et comme ça, tu pourrais vivre de tes rentes et faire le daim, huppé, comme j'ai l'intention de l'faire la toute première quatrième année qui s'ra pas bissextile et le quarante-deuxième mardi de la semaine de la Trinité, dit Charley Bates.

– Ça ne me convient pas, répondit timidement Olivier ; je voudrais qu'on me laisse partir. Je... je préférerais partir.

– Et Fagin, lui, y préférerait que non ! rétorqua Charley.

Olivier ne le savait que trop bien ; mais, pensant qu'il pourrait être dangereux d'exprimer ses sentiments sans réticence, il se contenta de soupirer et continua à cirer les souliers.

– Partir ! s'écria le Renard. Alors quoi ? T'as donc pas d'atout ? T'as donc pas d'amour-propre ? T'irais vivre aux crochets de tes amis ?

– Ah, Bon Dieu d'Bon Dieu ! s'écria le jeune Bates, qui tira de sa poche deux ou trois mouchoirs de soie et les jeta dans un placard ; ça, alors, c'est trop moche.

– Moi, j'pourrais pas, déclara le Renard d'un air de dégoût hautain.

– Pourtant vous pouvez bien abandonner vos amis, dit Olivier avec un demi-sourire, et les laisser condamner pour ce que vous avez fait.

– Ça, repartit le Renard en écartant l'objection d'un geste de sa pipe, ça, c'était rapport à Fagin, pasque la rousse, elle sait qu'on travaille ensemble, et ça y aurait fait des ennuis si on avait pas calté ; v'là l'idée, hein, Charley ? »

Charles Dickens,
Olivier Twist,
traduction de Francis Ledoux,

Mondo

On ne saura jamais si Mondo est né un dimanche, mais ce qui est certain c'est qu'il vit seul, sans parents ni famille d'aucune sorte. Cependant, sur sa longue route, il rencontrera parfois l'amitié, notamment celle d'une femme toute petite, nommée Thi Chin. Mais un jour, Mondo disparaît. Il est emmené à l'assistance publique.

« Deux jours plus tard, la petite femme vietnamienne était entrée dans le bureau du commissaire de police. Elle était pâle et ses yeux étaient fatigués, parce qu'elle n'avait pas dormi. Elle avait attendu Mondo pendant deux nuits, et le jour elle l'avait cherché partout dans la ville. Le commissaire la regardait sans curiosité.

– Vous êtes une parente ?

– Non, non, disait Thi Chin. Elle cherchait ses mots. Je suis une – une amie.

Elle paraissait encore plus petite, presque une enfant malgré les rides de son visage.

– Est-ce que vous savez où il est ?

Le commissaire la regardait, sans se presser de répondre.

– Il est à l'assistance publique, disait-il enfin.

La petite femme répétait, comme si elle ne comprenait pas :

– A l'assistance publique...

Puis elle criait presque :

– Mais ce n'est pas possible !

– Qu'est-ce qui n'est pas possible ? demandait le commissaire.

– Mais pourquoi ? Qu'est-ce qu'il a fait ?

– Il nous a dit qu'il n'avait pas de famille, alors on l'a dirigé là.

– C'est impossible ! répétait Thi Chin. Vous ne vous rendez pas compte...

Le commissaire la regardait durement.

– C'est vous qui ne vous rendez pas compte, madame, disait-il ; un enfant sans famille, sans domicile, qui traînait dans les rues avec les clochards, les mendiants, peut-être pire encore ! Qui vivait comme un sauvage, en mangeant n'importe quoi, en dormant n'importe où ! D'ailleurs on nous avait déjà signalé son cas, des gens s'étaient plaints, et ça faisait quelque temps qu'on le cherchait, mais il est malin, il se cachait ! Il était temps que tout ça finisse.

La petite femme regardait fixement devant elle, et son corps tremblait. Le commissaire se radoucissait un peu.

– Vous – vous vous êtes occupée de lui, madame ?

Thi Chin faisait oui de la tête.

– Écoutez, si vous voulez vous charger de cet enfant. Si vous voulez qu'on vous en donne la garde, c'est sûrement une chose possible.

– Il faut qu'il sorte de –

– Mais pour l'instant, il doit rester à l'assistance jusqu'à ce que, jusqu'à ce que son état se soit amélioré. Si vous voulez vous charger de lui, il faudra déposer une demande, établir un dossier, et ce n'est pas du jour au lendemain.

Thi Chin cherchait ses mots dans sa tête, sans pouvoir parler.

– Pour l'instant, il faut laisser faire l'administration. Cet enfant – comment s'appelle-t-il déjà ?

– Mondo, disait Thi Chin. Je –

– Cet enfant est en observation. Il doit être soigné. On va s'occuper de lui à l'assistance, on va établir son dossier. Vous savez qu'à son âge il ne sait ni lire ni écrire, qu'il n'a jamais été dans une école ?

Thi Chin essayait de parler, mais sa voix s'étouffait. »

J. M. G. Le Clézio,
Mondo et autres histoires,

La Véritable Histoire de Spit MacPhee

Elevé par son grand-père à moitié fou, Spit mène une vie de Robinson livré à la découverte de la nature environnante. Son cas soulève l'indignation des « honnêtes gens » et certains envisagent même de le mettre en orphelinat après la mort du vieil homme. Mais Mme Tree, animée par le désir de donner son affection, pourrait bien accueillir l'enfant sauvage dans sa famille.

« Elle lui demanda ensuite s'il lui restait des parents.

– J'avais un oncle... Mais il a été tué. Il y a longtemps.

– Tu te souviens de ta mère ? lui demanda Grace, agenouillée entre les plants de tomates.

Il la regardait maintenant.

– Ma mère a été brûlée dans un incendie, dit-il.

– Je le sais. Quelle tristesse ! dit-elle.

Puis, après une brève hésitation :

– Tu sais, Spit, que je suis en train d'essayer de t'adopter ?

– Oui, je le sais, dit-il

– Tu le sais ? Comment l'as-tu appris ?

– Mrs. Evans me l'a dit, et un tas de gens m'en ont parlé. Et Jack Ellison, hier...

– Ça alors ! Pourquoi ne pas m'avoir demandé si c'était vrai ou faux ?

– Je ne sais pas, dit Spit. Si c'est encore pour me raconter des histoires...

– Moi, je ne te raconterai pas d'histoires, Spit. Tu le sais, n'est-ce pas ?

– Je voulais pas parler de vous. C'est eux.

– Qui ?

– Je sais pas... je sais pas... C'est pas la peine de me demander... Mrs. Arbuckle et les autres. Ils essayeront encore de m'avoir, s'ils peuvent.

– Ils ne te veulent pas de mal, Spit, ils croient agir pour ton bien. C'est pourquoi j'ai décidé cette adoption, et j'ai maintenant besoin de la signature de Jack.

– Il m'aime pas beaucoup, dit Spit d'un ton neutre.

– Ce n'est pas cela. Jack est un peu rigide. Il n'aime pas les changements brusques. Mais il finira par comprendre que je fais bien et il m'aidera. Je ne m'inquiète pas de cela.

– Bon, dit Spit.

Ce soir-là, en remplissant de nouveaux formulaires où elle indiqua que Spit n'avait plus aucun parent vivant, Grace Tree se sentait bien seule, et, pour la première fois depuis tant d'années, coupée de son mari.

"J'espère que je ne me trompe pas", se dit-elle.

Il lui fallait maintenant la signature de Jack au bas de ce papier. Comment l'obtenir ? »

James Aldridge,
La Véritable Histoire de Spit MacPhee,
traduction de Pierre Girard,
© Stock-Hachette

Le Robinson du métro

Arémis Slake, âgé de treize ans, est, selon l'avis unanime de ses professeurs, de ses camarades et de la vague tante qui l'élève à coups de taloche, un bon à rien. Ce garçon myope et solitaire est avant tout un rêveur qui a coutume de se couper du monde hostile en passant de longs moments dans le métro new-yorkais. Un jour, Slake décide de ne plus remonter et d'habiter une cavité qu'il a découverte dans le tunnel entre deux stations. Et là, dans cet univers souterrain, il fait la connaissance de certains personnages qu'il ne laisse pas indifférents, telles une vieille dame et la serveuse d'un snack-bar.

« Le lendemain quand Slake donna son journal à la dame, elle lui tendit un grand sac en papier :

– Tiens, c'est quelque chose qui est devenu trop petit pour mon fils, il ne peut plus le mettre. Si ça te vient à point, tant mieux. Sinon, tu le donneras à quelqu'un d'autre.

La main de Slake accepta le sac.

– J'aurai aussi une paire de blue-jeans pour toi, ajouta la dame, mais je dois d'abord les recoudre.

Le sac contenait une veste à fermeture éclair, en nylon brun, rembourrée et en bon état. Pendant que la dame attendait son métro, Slake déplia la veste et la laissa pendre au bout de son bras, puis regarda la dame et essaya sa voix :

– Merci...

Mais il n'était pas certain d'avoir vraiment prononcé quelque chose qu'on puisse entendre. C'est seulement quand la dame fut montée dans le train que Slake enfila la veste. Elle était beaucoup trop grande pour lui, mais ça ne le dérangeait pas.

Quand Slake, chaudement vêtu et un journal sous le bras, s'en alla déjeuner, il se sentait presque mais pas tout à fait capable de soutenir le regard de la serveuse qui déposait devant lui son repas quotidien. En attendant d'être servi, il examina la veste de plus près. Elle avait deux grandes poches, épatantes pour entreposer le demi-sandwich de son dîner, les biscottes et les cubes de sucre.

Il se passait une chose bizarre : depuis quelque temps déjà, la serveuse déposait sur le comptoir devant Slake beaucoup plus que ce qu'il avait commandé. Des fois, trois biscottes au lieu de deux avec son bol de potage, ou un peu de salade de légumes avec son sandwich. Ou un sachet de chips. Le sandwich au jambon était toujours très généreusement garni de laitue, et des fois la serveuse semblait avoir mal entendu et lui donnait jambon-œuf dur au lieu de jambon tout court. Slake songea à cela. Après tout, il commandait la même chose que d'habitude et payait pour ce qu'il avait commandé. Si la serveuse se trompait et lui donnait autre chose – de mieux – que son sandwich, mais ne lui faisait payer que le sandwich, il n'y pouvait rien. Non ?

Il la regarda du coin de l'œil. Elle était plutôt petite, sans âge bien défini, avec des taches de rousseur, bien rembourrée ici et là, peut-être même un peu grosse, et drôlement coiffée, et tout à fait merveilleuse à sa façon.

Quelle raison poussait à la serveuse à diriger de la nourriture vers l'estomac de Slake ? La pitié était un sentiment totalement inconnu de Slake, il n'en avait jamais rencontré, reçu ni donné, et il ne l'aurait donc pas reconnue s'il s'était agi de cela. Mais il pouvait reconnaître là une autre chose qu'il avait parfois rencontrée, rarement et vaguement, pas tellement d'ailleurs la présence de quelque chose que l'absence de quelque chose. »

Felice Holman,
Le Robinson du métro,
traduction de J. La Gravière,
© Duculot

4
SOLUTIONS DES JEUX

Etes-vous un enfant du dimanche ?

(p. 145)

Si vous avez une majorité de ○ : vous êtes à coup sûr un enfant du dimanche. La chance vous sourit, à moins que ce ne soit vous qui, par votre optimisme et votre confiance en la vie, n'attiriez la chance sur vous ?

Si vous avez une majorité de □ : la chance, la malchance ne font pas partie de vos préoccupations. Vous êtes de ceux qui estiment préférable de compter avant tout sur soi, plutôt que sur une chance hypothétique. Apparemment, cette philosophie vous réussit car vous y gagnez une parfaite sérénité.

Si vous avez une majorité de △ : vous attendez trop de la chance, c'est pourquoi vos attentes sont souvent déçues, et vous vous croyez alors persécuté par le mauvais sort. Mais il n'en est rien. Ce que vous appelez malchance n'est le plus souvent qu'un désagrément passager, une légère déconvenue que vous dramatisez. Si vous voulez que la chance vous sourie, suivez l'exemple de l'héroïne de ce livre et prenez les choses du bon côté.

Douze questions pour commencer

(p. 147)

1 : A (p. 9) - 2 : B (p. 10) - 3 : C (p. 10) - 4 : C (p. 17) - 5 : B (p. 37) - 6 : C (p. 33) - 7 : A (p. 41) - 8 : C (p. 46) - 9 : B (p. 52) - 10 : A (p. 60) - 11 :C (p. 61) - 12 : A (p. 65).

Si vous obtenez de 8 à 12 bonnes réponses : visiblement, cette histoire capte toute votre attention. Rien ne vous laisse indifférent, qu'il s'agisse du destin de l'héroïne, du petit Karli ou encore d'Andréa : vous voilà riche de trois histoires en une !

Si vous obtenez de 4 à 7 bonnes réponses : vous lisez sans doute assez facilement mais vous êtes enclin à passer rapidement sur ce qui, à première vue, vous paraît moins passionnant. Mais qui sait si « à deuxième vue » vous n'y trouveriez pas quelque chose d'intéressant ? Mieux vaut du premier coup lire tout avec la même attention.

Si vous obtenez moins de 4 bonnes réponses : si vous continuez sur cette voie-là, vous prenez le risque de bientôt vous ennuyer. Ne faites rien à moitié. Il n'y a rien de plus démoralisant car, alors, ce que vous faites n'est ni fait ni à faire et votre livre, ni vraiment lu ni vraiment à lire.

Douze questions pour conclure

(p. 159)

1 : B (p. 11) - 2: B (p. 52) - 3 : A (p. 40) - 4 : C (p. 27) - 5 : C (p. 65) - 6 : A (p. 77) - 7 : C (p. 86) - 8 : A (p. 97) - 9 : B (p. 107) - 10 : A (p. 119) - 11 : C (p. 137) - 12 : C (p. 142).

Si vous obtenez de 8 à 12 bonnes réponses : vous êtes sans doute, comme Andréa, capable de lire « des heures entières » et « des tonnes de livres »... sans que cela vous pèse. C'est très bien.

Si vous obtenez de 4 à 7 bonnes réponses : vous avez peut-être apprécié l'histoire, mais le style vous aura déplu ? Ou bien, au contraire, vous avez aimé le style mais l'histoire ne vous aura pas intéressé ? Bref, vous avez manifestement laissé quelque chose de côté mais votre score reste tout à fait honorable.

Si vous obtenez moins de 4 bonnes réponses : ou bien vous êtes resté complètement étranger à cette histoire d'enfant, ou bien, plus généralement, vous avez une façon de lire qui vous empêche de prendre goût à tout livre quel qu'il soit. Il faut revoir votre manière de lire : peut-être avez-vous simplement besoin de silence autour de vous ?

La semaine est divine

(p. 161)

Les dieux et planètes correspondant aux jours de la semaine sont les suivants :

1. La Lune
2. Mars
3. Mercure
4. Jupiter
5. Vénus
6. Saturne (le dieu et la planète) et Sabbat (le repos)

La famille au grand complet

(p. 161)

1. La première série de mots est celle des anagrammes de :

A. Sœur
B. Neveu
C. Oncle
D. Grand-mère
E. Marraine

2. La seconde série de mots peut avoir les anagrammes suivantes :

A. Semer
B. En soucis
C. Nattes
D. Serpe
E. Cuisons

Mais vous en avez peut-être trouvé d'autres !

Le corps dans tous ses états

(p. 162)

Avoir le *cœur* brisé : avoir du chagrin
Avoir le mauvais œil : *ne pas avoir de chance*
Faire la fine *bouche* : faire le délicat
Donner sa *main* à quelqu'un : se marier
Faire le dos rond : *éviter*
Faire des *yeux* de velours : amadouer quelqu'un
Avoir une *dent* contre quelqu'un : en vouloir à quelqu'un
Prendre ses *jambes* à son *cou* : courir très vite
Donner sa langue au chat : *s'avouer incapable de trouver une solution*
Ventre creux n'a pas d'*oreilles* : celui qui n'a pas mangé n'écoute pas
Avoir la *langue* bien pendue : parler très facilement
Mettre la puce à l'oreille : *intriguer*

L'écrivain privé d'« o »

(p. 163)

1. Le lipogramme du premier paragraphe du livre peut être le suivant, mais ce n'est qu'un exemple. Il peut y en avoir bien d'autres :

« ... Mais ce n'est pas ce que je pense. Parce que le dimanche, ici, à l'institut, c'est terriblement barbant. En semaine, ça va, car je vais en classe, et puis j'ai du travail, et puis aussi, je ne sais plus très bien, gymnastique ? balade ? enfin, une activité dans ce genre-là. J'aime bien la gymnastique mais pas la classe. Pas tellement. Sauf le dimanche. Là, j'aimerais bien, si c'était permis, aller en classe, parce que le dimanche, c'est barbant, ici, à l'institut. »

2. Un résumé possible du livre en lipogramme pourrait être par exemple :
« Une petite fille de huit ans, sans parents, vivait avec d'autres enfants, privés eux aussi de famille, dans un institut tenu par des religieuses. Elle ne quittait jamais ce lieu, même le dimanche. Mais un beau matin, une dame arriva, qui déclara qu'elle viendrait chaque dimanche à neuf heures chercher la petite fille et qu'elle la ramènerait à l'heure du dîner. Peu à peu, elles se lièrent d'amitié. Enfin, cette dame, qui s'appelait Ulla, déclara qu'elle désirait prendre définitivement cette enfant avec elle et la faire vivre chez elle. C'est également ce que désirait l'enfant qui put enfin vivre en famille, heureuse entre Ulla et l'ami de sa bienfaitrice. »

Mots croisés

(p. 164)

Horizontalement
I. Dimanche - II. Elan. UU - III. Dénommer - IV. Ere - V. Citation - VI. Al. Ks. Oc - VII. Cet. Olé - VIII. Espoirs.
Verticalement
1. Dédicace - 2. Ile. Iles - 3. Manet - 4. Anorak - 5. Mets. Pi - 6. Cum. Or - 7. Hue. Ools - 8. Rance.

Histoires d'enfant, histoires d'orphelin dans la collection FOLIO **JUNIOR**

SANS FAMILLE I

Hector **Malot**

n° 129

Chaque soir, une paysanne dépose sur la joue de Rémi, l'enfant trouvé, un tendre baiser. Un jour, la porte de la maison s'ouvre, et l'homme frustre qui paraît sur le seuil détruit à jamais, de son bâton levé, tant de bonheur rustique. Rémi est chassé sur la route, et apprend l'errance, le froid et la faim, aux côtés d'un étrange et digne vieillard, musicien-dresseur de chiens.

Le portrait d'un enfant fragile et courageux.

SANS FAMILLE II

Hector **Malot**

n° 130

Rémi découvre en Mattias, petit Espagnol aux yeux battus, égaré dans un Paris cruel, un compagnon de route et de misère.

Le violon en bandoulière, le ventre creux et le cœur battant, les deux enfants sillonnent, hardis et frissonnants, les routes de France et d'Angleterre.

Rémi, le petit gavroche déraciné de *Sans Famille*, poursuit et achève ici sa longue errance.

MATILDA

Roald **Dahl**

n° 744

Avant même d'avoir cinq ans, Matilda sait lire et écrire, connaît tout Dickens, a dévoré Kipling et Steinbeck. Pourtant son existence est loin d'être facile, entre une mère abrutie par la télévision, et un père d'une franche malhonnêteté. Sans oublier mademoiselle Legourdin, la directrice de l'école, personnage redoutable qui voue à tous les enfants une haine implacable.

Sous la plume tendre et acerbe de Roald Dhal, les événements vont se précipiter, étranges, terribles, hilarants...

LE VŒU DU PAON

Jean-Côme **Noguès**

n° 616

En pays d'Oc, vers 1204. Jordi le jongleur a promis au jeune Grillot de l'emmener dans son éternel voyage. L'heure est venue, enfin, de cette marche vers les montagnes, dont l'enfant rêve depuis de longues années.

Peut-être découvrira-t-il enfin qui étaient ses parents, et pourquoi il fut abandonné, à peine né, près d'une fontaine...

Le Jardin secret

Frances H. **Burnett**

n° 559

À la mort de ses parents, Mary Lennox quitte l'Inde, où elle avait toujours vécu. Exilée dans le manoir anglais d'un oncle absent, Mary trouve du réconfort dans l'amitié. Elle partage avec Dickon, Collin et le rouge-gorge, un merveilleux secret : un jardin oublié de tous, dont la clef, comme par magie, ouvre aussi la porte des cœurs...

La Petite Princesse

Frances H. **Burnett**

n° 659

Sara Crewe, fille unique et choyée d'un riche anglais installé aux Indes, vient parfaire son éducation dans un pensionnat réservé aux jeunes filles de la bonne société londonienne. Le jour de l'anniversaire de Sara, une fête somptueuse se prépare à la pension. Mais un homme de loi se présente, porteur d'une terrible nouvelle, qui bouleverse la vie de la fillette.

Papa-Longues-Jambes

Jean **Webster**

n° 692

Un bienfaiteur, qui désire rester anonyme, offre de t'envoyer à l'université. En échange, tu lui écriras chaque mois une lettre donnant des détails sur tes études et ta vie là-bas comme tu en écrirais à tes parents, s'ils vivaient encore. Pour Judy Abbott, jeune orpheline élevée entre les murs d'un respectable et ennuyeux foyer, la proposition est aussi surprenante qu'inespérée. Elle accepte de bonne grâce de se plier aux exigences de son mystérieux tuteur, auquel elle a donné le surnom affectueux de Papa-Longues-Jambes.

LES AVENTURES DE TOM SAWYER

Mark **Twain**

n° 449

Pour Tom, il y a des choses vraiment plus importantes que l'école : aller à la pêche, jouer à Robin des Bois, ou retrouver son grand ami Huck. À force d'inventer des histoires et de se prendre pour des bandits, Tom et Huck vont se retrouver mêlés à un véritable crime, avec de vrais assassins et un authentique trésor...

HUCKLEBERRY FINN

Mark **Twain**

n° 230

Si vous n'avez pas lu *Les Aventures de Tom Sawyer*, vous ne savez pas qui je suis, mais ça n'a pas d'importance. C'est M. Mark Twain qui a écrit ce livre, et ce qu'il y raconte, c'est la vérité vraie, presque toujours. Il exagère quelquefois, mais il n'y dit guère de menteries. Bah ! ce n'est pas bien grave... Ça arrive à tout le monde de mentir de temps à autre, sauf à tante Polly peut-être, ou à la Veuve, ou encore à Mary !

LE PAYS OÙ L'ON N'ARRIVE JAMAIS

André **Dhôtel**

n° 464

Depuis sa plus tendre enfance, Gaspard suscite, par sa seule présence, les événements les plus surprenants... aussi se méfie-t-on de lui à Lominval. Et voici que survient un enfant aux yeux purs, qui va entraîner Gaspard dans sa quête du Grand Pays, le pays des vagabonds, où palmiers, bouleaux, chênes et palmiers croissent, dans la terre noire, près de la mer... Guidés par un mystérieux cheval pie, les deux amis partent à la poursuite de leur rêve...